Moi(s) entre parenthèses

Moi(s) entre parenthèses

Journal de post-confinement (mai - juillet 2020)

Michèle Obadia-Blandin

© 2020 Michèle Obadia-Blandin

Éditeur : BoD-Books on Demand
12-14 rond-point des Champs-Élysées, 75008 Paris
Impression : Books on Demand, Norderstedt, Allemagne
Illustration : Martino Pietropoli
ISBN : 978-2-3222-1013-8

Dépôt légal : juillet 2020

« *C'est peut-être ça la vie : beaucoup de désespoir, mais aussi quelques moments de beauté où le temps n'est plus le même. Comme si les notes de musique faisaient une parenthèse dans le temps, ... un ailleurs ici-même, un toujours dans le jamais...* »
Muriel Barbery - « L'élégance du hérisson » (2006) -

« *Le temps est une parenthèse, une illusion, un songe, et peut-être un mensonge.* »
Jean d'Ormesson
- « C'est une chose étrange à la fin du monde » (2010) -

Prologue

Peut-être vous interrogez-vous à propos des raisons qui m'ont poussée à écrire un tel journal. Ou peut-être pas. Qu'importe ! Je vais répondre à cette légitime question.

Nous avons été nombreux à tenir (et pour certains à publier) un journal de confinement. Mes « Pétales d'un printimps buissonnier »[1] ont grossi l'amalgame des états d'âmes suscités par cette période exceptionnelle de l'Histoire de notre Humanité.

Le lundi 11 mai, dès que le coup de sifflet final du confinement a retenti, la vie a repris dans notre beau pays. Pratiquement tous les Français en ont semblé réjouis. Pas moi. À l'inverse de mes compatriotes, je me suis sentie démunie. Perdue. Une nouvelle fois, les repères volaient en éclats. La montagne de changements me semblait insurmontable. Infranchissable. L'épreuve inédite qui débutait me tétanisait. Il allait falloir réinventer et réapprivoiser le quotidien, adopter un autre *modus vivendi,* se réadapter à la « vraie » vie... Comment reprendre pied dans la réalité et rester confiante quand vu de ma lucarne, l'horizon ressemblait à ça ? →

Photo Don Johnoghue

---

[1] Journal de confinement (mars - mai 2020) - Éditions BoD (juin 2020)

Une fois de plus, l'écriture s'est imposée comme une aide indispensable et incontournable pour débroussailler et éclaircir la voie à emprunter.

Jour après jour, je me suis appliquée à écrire et décrire le cheminement chaotique, parsemé d'embûches, d'ennui(s), de tristesse, de peur(s), de doute(s), mais aussi de joies et d'espoirs qui ont saupoudré ma vie au cours des « mois d'après ».

Pour maintenir l'équilibre par rapport au confinement lui-même, j'ai tenu ce journal de post-confinement (je préfère cette appellation plutôt que déconfinement) pendant exactement cinquante-cinq jours. Nombre d'entre eux sont basiques, d'une consternante platitude et emplis d'un vide sidéral, voire abyssal. Mais la banalité, la fadeur et la vacuité font aussi (et surtout) partie de la vie...

Il est temps de vous laisser découvrir le journal de bord de cette « palpitante » traversée mouvementée. Laissez-vous porter par les mots et les images que j'ai déposés au fil des méandres de ces deux mois d'une période charnière incrustée au cœur d'une singullière parenthèse de temps et de vie.

Au plaisir de vous croiser un jour en vrai, ou en plus vrai encore, au détour de mes mots.

Mimi (qui a encore abusé des parenthèses)

PS : Éloïse (ma nièce) va sûrement me gronder à cause de ma tendance addictive aux parenthèses.

J1
(11/05/2020)

Mots d'un lundi indécis. Peut-être sans suite ?
Je pense à vous. I miss you.

Telle une funambule sur un fil fragile, j'avance avec prudence. Mes premiers pas sur le chemin de cette nouvelle phase de vie sont flottants. Peur de vaciller et de trébucher. D'autant qu'il pleut des hallebardes et que l'ombrelle interne censée me servir de balancier part en quenouille : toile élimée, hérissée de baleines retournées, armature déstructurée... Si j'ajoute qu'un ruban boursouflé d'interrogations entortille mon esprit déjà bien (dé-)confit, imaginez la précarité de mon équilibre !

Hésitants, mes doigts tâtonnent avant d'effleurer les touches du clavier. Vais-je écrire une suite au journal de confinement ? Qu'ai-je à dire, à partager ?

Un temps suspendu inédit justifie de consigner des impressions, des ressentis, des états d'âme d'une vie entre parenthèses. Mais un temps qui reprend sa place ? En quoi cela présente-t-il un intérêt ? Je laisse la question cheminer. La réponse viendra en son temps, justement.

En attendant, je vais tenter de vivre du mieux possible ce jour d'après, que je préfère considérer comme le premier jour du reste de ma vie.

Je l'ai déjà dit, le ciel pleure aujourd'hui. Et si nous le consolions ? Vous m'accompagnez en chantant : « *le lundi au soleil...* » ?

Je vous envoie un bouquet de marguerites mouillées.
À demain. Peut-être. Ou pas.

Mimi (en standby)

Photo Michaela Kranich

J2
(12/05/2020)

Mots du jour après le jour d'après... du lendemain, quoi !

Comme une impression de déjà-vu, ce mardi. Un ciel lumineux, une Nature pétillante, et un poids qui demeure... même si la vie a repris à l'extérieur.

Depuis hier, les coiffeurs croulent sous les coupes, les couleurs, les mèches et les brushings. Tondeuses et paires de ciseaux s'en donnent à cœur-joie.

Les enseignants, eux, s'arrachent les cheveux pour restructurer les salles de classes exiguës et mettre en place des rituels quasi inapplicables. Bienvenue à « *Coronaland* », les enfants !

Les commerçants sourient sous leurs masques. Ils peuvent enfin accueillir quelques timides clients téméraires, prêts à tout pour relancer l'économie et se délester des leurs. Car le confinement aura eu, entre autres vertus, celle de l'épargne forcée.

Dans les gares et les métros parisiens, c'est évidemment la « foule ». Peut-être pas celle des grands jours, mais les usagers sont bien trop nombreux pour pouvoir respecter les nouvelles normes de distanciation. Mais ils espéraient quoi ces « rigolos » de décideurs qui se déplacent confortablement dans leurs voitures de fonction avec chauffeur ? Comment imaginer que par enchantement, les voyageurs allaient se faire des courbettes et se tenir à un mètre les uns des autres ? Hé, faut pas rêver, les gars ! Les *bisounours* n'existent pas dans la vraie vie !

Je pourrais continuer la liste de ce qui a « changé » depuis hier. Mais j'en oublierais et ce serait sûrement lassant l'énumération navrante des us et coutumes d'un mode de vie nouvelle mode...

Cela dit, il ne faudrait pas « oublier » *Coronus* ! Vous savez le méchant virus à l'origine du charivari qui ébranle la Planète depuis des mois. Lui, n'a pas changé ses habitudes depuis hier. « *Toujours prêt !* », selon la devise des *Boy Scouts*, il se pourlèche les babines en nous revoyant si nombreux dans les lieux publics...

En ce qui me concerne, la vie continue confinée. Une vie surtout con, je dois le reconnaître. Désolée pour la trivialité. En effet, hier n'a rien modifié dans mon existence. J'avance toujours à tout petits pas sur le fil embrumé d'un quotidien sans horizon. Pour l'instant, je ne me hasarde pas à sortir de ma zone de confort. Affronter la ville et la vie ? J'ai bien trop peur des autres. Pourtant, il faudra bien un jour...

En attendant, je vais vaquer à mes innombrables occupations. Rires un peu jaunes.

Cet après-midi, à la télé, il y a un film d'un certain Jean Renoir. « La bête humaine » de 1938... Quatre-vingt-deux ans, le film ! C'est déprimant.

Allez, haut-les-cœurs, Mimi ! Tant qu'il y a de la vie, il y a de l'espoir. Et vice-versa. Je vous embrasse.

Mimi (mi-bah, mi-bof)

J3
(13/05/2020)

Mots ratatinés d'un mercredi un chouya rikiki.
Je vous aime quand même.

Bouh ! Il y a du vent, le ciel s'est enveloppé d'un voile tristounet, la température a chuté. En clair, il fait moche. Si quelques touches de pluie venaient à compléter le tableau, il ferait alors vraiment très, très, très moche.

Pelotonnée au creux de mon cocon, j'observe le temps (dans tous les sens du terme) qui passe. Un peu comme une vache ressasse et rêvasse en regardant passer les trains.

Mais ce matin, les wagons défilent sans entrain. Sans doute est-ce un effet de bord du déconfinement ? Je me sens si lasse de vivre en marge de la vraie vie...

Photo Abigail Resident

Je m'efforce de garder le cap en donnant le change. Mais mon calme apparent n'est qu'une façade qui masque le bouillonnement intérieur. Et ce matin, la coquille dans laquelle je me recroqueville menace d'exploser.

Le désordre qui règne dans ma tête a l'allure d'un puzzle en vrac sur un étal de souk. Les réflexions se télescopent. Les idées s'enchevêtrent. Les pensées fusent tous azimuts. Les ruminations s'éparpillent. Les obsessions tournillent. Les images jouent à cache-cache et les mots au yoyo. Je noircis l'écran de lettres que j'efface aussitôt. Puis, je ré-écris avant de supprimer et ré-ré-ecrire. Coupes, copies et collages se succèdent en joyeux bazar.

Je crois qu'il est temps de faire une pause. Histoire d'apaiser la micro-tornade intérieure de ce mercredi étréci.

Gageons qu'en remontant les bretelles de mon moral logé dans les chaussettes, je pourrai parer le reste de la journée d'une tenue plus *fun*.

Je vous laisse en vous envoyant une bise déconfinée à souhait.

Mimi (en proie au syndrome de la *casa*)

PS : Confinement ou déconfinement, même combat ! Rien de neuf depuis lundi sauf la coupe de cheveux de Gilles[2] qui a déjà repris le golf...

---

[2] Gilles est mon mari.

J4
(14/05/2020)

Mots d'un jeudi a priori très ordinaire. Sans plus, ni moins. Un neutre, en somme.
Je vous enlace dans mes mots sans polarité.

Comme une cerise confite tombée au fond du cake, je me sens encore un peu écrasée aujourd'hui. Est-ce un reliquat de la mini-tornade qui a tourbillonné hier matin au cœur de ma tête avant de s'évaporer dans l'après-midi ? Possible. Mais, je ne vais pas m'appesantir sur les fluctuations d'une humeur qui a tendance à faire sa diva façon *Caliméro*. Faudrait que je songe à consulter un dentiste pour limer les dents de scie de ce foutu moral sinusoïdal !

En attendant, aujourd'hui, c'est Mirna (ma psy) qui va prendre soin de mon âme. Par vidéo interposée, car pour l'instant, la peur de sortir l'emporte sur le reste (un effet du syndrome de la cabane). Après presque quatre mois de thérapie, je vais mieux, c'est une évidence. Mais je peine encore à me sentir bien. Les derniers degrés de liberté émotionnelle sont les plus difficiles à grappiller... Qui a dit que le mieux était l'ennemi du bien ? Pfff !

Sinon, ce jeudi a endossé une parure de ciel clair saupoudré de nuées d'écume laiteuse. Ce matin, le train-train du quotidien est parti sur des chapeaux de roues plutôt mous. Depuis, ça roule sans à-coups.

Perchée sur la tourelle de la locomotive, sœur Âme scrute l'horizon dans l'espoir d'apercevoir ne serait-ce qu'un caillou, un chou, un joujou ou un bijou... Mais l'horizon reste désespérément plat et désertique. Il semblerait que cette journée s'inscrive dans la lignée d'une assommante *lissitude*. Monochrome. Monocorde. Monolithique... Bref, *monochiante*.

Force est de constater que je n'ai pas grand-chose à écrire ce matin. Mes mots sont oiseux, oisifs, errants, erratiques, pathétiques, mous de la consonne et de la voyelle. Ils remplissent seulement le vide. Du moins, ils essaient.
Ces premiers jours de déconfinement sont réellement laborieux. Les repères ne sont pas clairs.
Mais je ne vais m'étendre davantage. Je vous fais grâce du tissu d'inepties que je pourrais encore dérouler et dont vous êtes probablement déjà las.

Je vous envoie une pensée toute jolie extirpée du mouvement brownien de mes neurones esquichés.
À demain, si vous le voulez bien.

Mimi (dans un entre-deux indéfinissable)

PS : Juste pour les initiés, les mots écrits et envoyés hier soir à D.[3] m'ont inexplicablement apaisée.

---

[3] D. désigne la personne-tsunami qui m'a dévastée début 2020.

J5
(15/05/2020)

Alternance de mots yin et yang. Dualité assumée pour un vendredi aux contours imprécis.
Bises entre veille et sommeil.

Si j'en crois le calendrier, nous sommes vendredi. Et ? Eh bien, rien...
C'est impressionnant le vide qui s'obstine à accabler mes pensées depuis le début de cette phase *déconfinante*. À l'inverse de la plupart des gens soulagés et allégés de ne plus subir un enfermement forcé, je me sens alourdie.

Paradoxalement, la baisse de pression extérieure, généreusement accordée par nos gouvernants, a provoqué un accroissement de l'oppression intérieure. Ce qui se traduit par une sensation d'étouffement. Comme si une énorme boule comprimait mon plexus solaire. Paradoxe dans le paradoxe, ce boulet présente l'étrange caractéristique d'être totalement creux. Telle une coquille de plomb dépourvue de contenu.

Pour décrire cette dualité, je dirais que je suis pleine de vide, à l'image d'un ballon de baudruche sur le point d'éclater. Et quand la vacuité déborde, les émotions régurgitent le trop-plein de rien(s), les pensées ondulent au ras des pâquerettes et le moral flirte avec les chaussettes.

Mais, je vais reprendre les rênes, redresser la barre et transformer le ballon prisonnier qui m'oppresse en ballon voyageur.

Celles et ceux qui ont suivi mon journal de confinement ont déjà embarqué à bord de mon ballon magique.

Toutefois, aujourd'hui, je n'ai pas beaucoup d'énergie pour vous accueillir dans ma nacelle de mots et vous offrir un joli voyage.

Ne m'en veuillez pas. Nous ferons une virée ensemble un autre jour. Promis.

Photo Pascal Laurent

Je vous laisse en vous souhaitant une belle fin de journée. Restez prudents.

Mimi (dans un entre-deux zen)

J6
(16/05/2020)

Une livraison de mots juste avant midi pour un samedi sans réelle fantaisie. Il m'arrive aussi d'être réfléchie. De grâce, restez prudents !

Samedi ! Jour béni. Oui-oui !
D'autant que le ciel est d'un azur presque parfait et que les températures sont d'une douceur exquise. Toutes les conditions sont donc réunies pour que tout le monde se précipite à l'extérieur. Il faut bien s'aérer. Profiter. C'est une réaction légitime après huit semaines de sevrage. Mais cette liberté retrouvée est un piège. Car l'avide *Coronus* aussi, est de sortie. Et le gredin fait fi de nos envies autant que de nos besoins de petits Hommes vulnérables. Nous restons une proie de choix pour ce dingue d'agression par postillons.

Le plus souvent, l'intrusion du voleur *picotique* est presque sans conséquences. Il délègue son inséparable complice Covid-19 pour altérer la santé du quotidien le temps d'une poignée de jours. Petit joueur, le couple grappille à la sauvette.
Mais parfois, le duo infernal investit un terrain qui, avec ou sans raisons, lui plaît particulièrement. Là, le délit s'aggrave. Le vol devient crime. Sous l'impulsion d'un *Coronus* sans pitié, la féroce *Covid* s'acharne, enflamme, terrasse, saccage... Au paroxysme de son hystérie ravageuse, la dragonne peut aller jusqu'à tuer.

Lequel des deux est le plus responsable du carnage ? Le virus qui induit ou la maladie qui détruit ? J'aurais tendance à dire le virus, puisqu'il est à l'origine du chaos.

Pour rappel, ce serial killer compte à ce jour plus de 27 000 victimes en France. Et le nombre de décès officiellement recensés dans le Monde dépasse les 300 000. Sans commentaires.

Alors, oui, en quelques semaines, les protections se sont multipliées pour contrer l'ennemi public numéro un. Gants, masques, visières, gestes barrière, distanciations physiques, restrictions et fermetures en tous genres... ont fleuri dans nos sociétés bouleversées. Mais, clairement, on ne se bat pas à armes égales. *Coronus* est un ennemi si atypique ! Nul ne le connaît vraiment. Et chaque jour, de nouvelles facettes de sa malfaisance sont révélées.

Aujourd'hui, samedi, je me demande ce que l'on peut faire et ce que l'on devrait faire pendant ce week-end d'un entre-deux temporel aux frontières poreuses. Je ne parle pas de ceux qui n'ont pas d'autre choix que celui de travailler, quelles que soient les circonstances. Mais pour les autres ?

Faut-il se comporter comme les peureux (prudents ?) dont je fais partie, et rester encore sagement confinés. En attendant... En attendant quoi, du reste ? Une extinction miraculeuse de l'épidémie ? Hem ! La tempête d'une deuxième vague ? Aïe !

Ou bien faut-il agir comme les courageux (insouciants ou inconscients ?) qui veulent à tout prix (et à juste raison) profiter de la vie ? Ça tombe bien. Il fait beau, les visites à la famille et aux amis sont possibles, les « petits » déplacements sont autorisés, en zone verte, les parcs, terrains de tennis, parcours de golf, sont ouverts, de nombreuses plages sont accessibles… Il flotte un air de liberté. On en oublierait presque que le méchant virus a vicié l'atmosphère.

À chacun sa liberté de penser et d'agir. En ce qui me concerne, j'attends le 2 juin. Date à laquelle, je recommencerai à sortir de ma tanière si les voyants sont au vert. Sinon, j'aviserai. Car, je persiste à croire que cette période transitoire est à prendre avec des pincettes. Que cette pseudo-liberté est un piège dans lequel il est facile de tomber. Nous ne sommes que des Humains, avant tout.

Quel que soit votre choix, restez prudents. Merci de m'accorder cette faveur.

Pour agrémenter cette journée, je joins quelques petales de rose à mes mots.

Photo John Vicente

À demain. Pour de nouvelles aventures qui seront, sans nul doute, palpitantes.

Mimi (en mode mimi)

J7
(17/05/2020)

Dimanche, à demi-mots, à demi-beau. Au diapason de l'humeur « mouais » de ce jour à moitié vide de bleu, à moitié plein de gris. Je vous embrasse du haut de mon donjon d'ivoire.

Nous voici arrivés au dernier jour de cette première semaine de déconfinement. Une semaine qui a déroulé un tapis de jours plats, sans creux ni reliefs. Une semaine atone et mollassonne que je voudrais vite voir finie.

J'ai vraiment hâte de savoir ce qu'il y a après...

Depuis le début de cette période transitoire, postée dans ma tourelle d'observation, je guette la suite. Cette position d'attente usante et frustrante met ma patience (légendaire) à rude épreuve, car pour l'heure, l'horizon demeure désespérément ondoyant et nébuleux.

Moi qui rêvais autrefois de voir entrer en gare de Moscou le majestueux Transsibérien nimbé de volutes de fumée de cinéma, et d'y embarquer pour un voyage inoubliable, je me retrouve bien penaude sur le quai de ma réalité.

Illustration Myriam Zilles

Depuis des mois, la vie déroule un fil sur lequel il ne se passe plus grand-chose, pour ne pas dire : rien. Désormais, le présent se conjugue au plus-qu'imparfait et le futur au conditionnel très subjectif. Sans repères, je me perds fréquemment dans le labyrinthe de ces modes de temps et de vie chamboulés.

J'ai parfois l'impression de n'être qu'un jouet à la merci d'un chef d'orchestre halluciné qui a perdu tout sens de la mesure et toute notion d'harmonie. Vous comprendrez que, plongée dans ce chaos cacophonique, il m'est (me soit ?) difficile d'envisager sereinement le futur.

Pas vous ?

Comme je ne voudrais pas plomber davantage l'ambiance dominicale, je vais calmer mes craintes et me ranger du côté de la sagesse de ma regrettée tante Alice qui me répétait souvent : « *Les choses se font toujours comme elles doivent se faire. Et si elles ne font pas, c'est qu'elles ne devaient pas se faire.* » On a toujours été très « philosophes » dans la famille. Je vais donc laisser l'avenir venir...

Je vous envoie un bouquet de bises parfumées. À demain. Peut-être.

Mimi (sentinelle mi-opti, mi-pessi, mi-miste)

PS : J'ai toujours été mauvaise en arithmétique. Trois moitiés, c'est boiteux comme un mouton à cinq pattes.

J8
(18/05/2020)

Mots mollassons d'un lundi couça-couci.
Je vous envoie une bise confise (confuse ?).

Voici lundi. Le deuxième de cette période flottante.
Pour certains, le déconfinement est effectif et largement « consommé » depuis une semaine. Les dessins humoristiques les qualifient d'inconscients.
Pour d'autres, le confinement demeure la règle. Les sept derniers jours ressemblent de façon déconcertante aux cinquante-cinq précédents. Eux, ce sont les trouillards.
Puis, il y a ceux qui passent d'un camp à l'autre en fonction des priorités et des envies. Pour ces derniers, qui représentent sûrement la grande majorité, il n'existe pas d'adjectif. Du moins, pas à ma connaissance. Peut-être *inconsciards ? Trouillascients* ?
Cela devient compliqué de savoir ce qu'il est « bon » de faire ou pas dans cet entre-deux à géométrie variable. La frontière entre confinement et déconfinement est si mouvante, imprécise et perméable !

Pour ma part, vous le savez, je suis ancrée dans le camp des irréductibles confinés. Mais aujourd'hui, je commence à saturer. Aurais-je atteint un seuil ? J'en ai un peu marre de voir mes activités réduites à un essentiel lancinant. Marre de tourner non-stop sur le manège de pensées à tendance obsédantes. Marre d'avancer au ralenti sur un circuit sans fin. J'aimerais tant trouver la bretelle de sortie ! Même si j'ignore totalement à quoi pourrait ressembler la suite du chemin de ma vie.

Photo Belinda Fewings

Vous l'avez compris, aujourd'hui, c'est moyen-moyen au niveau du moral.
Je vais cesser de me lamenter tel un lamantin mélancolique et vaquer à mes fabuleuses occupations.

Je vous en envoie une douce pensée.
À demain que j'espère plus entraînant.

Mimi (ensuquée)

J9
(19/05/2020)

Courte paille pour les mots d'un mardi gris, pas gras.
La qualité supplante souvent (toujours ?) la quantité, non ?
Je vous envoie des pensées sans compter.

Voici Mardi qui entre dans l'arène de la semaine dans un élégant costume cendré. Quelques perles de pluie glissent discrètement le long du toboggan qui relie le Ciel à la Terre. Le temps sautille à cloche-pensée sur les cases d'une marelle tracée à la craie sympathique dans l'herbe humide du jardin. Mutins, les mots bondissent d'une balançoire magique à un manège enchanteur. À dos de syllabes, ils colorient une infinie palette d'émotions. Ces petits facétieux ne vivent pleinement que dans un(e) air(e) de jeux. Comme je ne veux pas qu'ils se recroquevillent dans la lumière *grisounette* de cette matinée, je les délivre (vive le déconfinement !) de toute contrainte.

Éclatez-vous tout votre soûl, amis-mots ! Vous avez carte blanche pour jongler, danser, virevolter, folâtrer, faire des pirouettes (avec cacahouètes et castagnettes)... et éclabousser de fantaisie cette journée de liberté bien méritée.

Et vous, amis-humains, amusez-vous aussi. Profitez de la vie ! Demain sera un autre jour. Une évidence ? Quoique...
Je vous embrasse.

Mimi (en mode écureuil ninja en pleine détente)

J10
(20/05/2020)

Des mots (ir-)réfléchis d'un mercredi d'écume sans reflets.
Je vous envoie une bise irisée.

Voici un nouveau mercredi. Un jour de printemps qui réjouit Dame Nature épanouie.

Quant à Dame Mimi, pour l'instant, elle *souprit*...

Mais que veut-elle bien dire ? Serait-ce une coquille sous ses doigts engourdis ? Que nenni, que nenni, les amis ! Dame Mimi soupire en même temps qu'elle sourit. De fait, elle *souprit*.

On pourrait aussi dire qu'elle *sourpire*. Mais ça sonne moins bien. Moi, j'entends sourd et pire. Donc je préfère la voir *souprire*, car là j'entends son rire.

Trêve de baliverne, toute l'ambiguïté de la dualité de Dame Mimi se résume à ce mot valise : *souprire*... Un état entre-deux, insatisfaisant. Je vois bien qu'elle voudrait sourire et croire encore à tout plein de vie, mais son âme soupire. N'aurait-elle pas ce qu'elle désire ? C'est rien de le dire... Sait-elle seulement ce qu'elle désire ?

Re-trêve de baliverne oiseuse. On est mercredi, n'est-ce pas ? Alors youpi ! Et même youpiiiii ! Cet afflux de « i » accroît l'impression de cœur et d'enthousiasme, non ?

Re-re-trêve... Je passe à la vraie vie.

Nous sommes donc mercredi. La Nature est en fête. Il fait un temps super. Les petits oiseaux chantent. Tout le monde, il est beau. Tout le monde, il est gentil. Ça ressemble furieusement à une lettre de gamin exilé en colonie de vacances. Manquent que la description des petits pois froids du dîner et celle du chocolat sans goût du goûter.

Sur ce, je vais petit-déjeuner...

Me revoilà. Nous sommes toujours mercredi. Un jour comme les autres. Bien sûr, il y a de la vie, et c'est là l'essentiel. Mais une vie sans horizon ni projection (à court, moyen ou long terme), de vous à moi, ce n'est pas une vie. C'est une survie. Ou plutôt une *sous-vie*.

Depuis des semaines, mon quotidien s'axe sur une poignée d'activités telles que manger, boire, dormir, me laver, faire travailler mes muscles un tant soit peu (sous peine de les voir fondre comme la cire d'une bougie), lire, écrire, réfléchir... Forcément, j'ai le sentiment de ne pas vivre vraiment. Je me contente d'exister. Ce qui n'est pas rien, si j'y réfléchis bien. Voilà que je reviens sur une de mes exaltantes occupations : réfléchir.

En fait, l'isolement ainsi que le manque de perspective et d'activités sociales laissent une très (trop ?) grande place au mental qui compense les carences en multipliant les pensées. Des pensées qui foisonnent et se muent parfois en obsessions. Je ne vous raconte pas la vitalité du hamster qui tourne dans la grande roue de mon cerveau. Le bougre a de sacrés muscles, lui ! Dur, dur, de mouliner !

Après ce temps d'écriture qui a offert une jolie parenthèse de repos aux pensées parasites, je pars vaquer à mes passionnantes occupations d'un jour qui s'inscrit dans la morne bonorme des soixante-cinq précédents.

Je vous envoie une pensée parfumée de mon jardin enchanté.
À demain pour un jeudi férié d'élévation.

Dame Mimi (qui a traversé le miroir et qui (se) réfléchit)

Photo Jania Gaffka

PS : J'offre à qui le veut un hamster en pleine forme, apte à dynamiser tous types de neurones, y compris les abouliques et les atones.

J11
(21/05/2020)

Mots perlés d'un jeudi férié, dénué de nuages.
Sous ma belle fleur-ombrelle aux pétales groseille, je suis ravie.

En route pour un joli jeudi d'élévation... Un jour d'Ascension !

Munis de cordes et piolets (traduire voyelles et consonnes), mes mots en voie de déconfinement vont se hisser jusqu'aux cieux. Cieux dont le bleu éblouissant fait presque mal aux yeux.

J'ouvre une parenthèse (ma nièce va adorer !) à propos des yeux. L'insomnie de la nuit dernière a ouvert les miens en grand. Très grand. Dans un flash, j'ai mesuré l'étendue de ma naïveté. Suis *Bisounoursette*, vous le savez. J'ai réalisé que ma vision d'une certaine situation (que l'on qualifie généralement avec un « A » majuscule) avait été biaisée. Sur un détail (où le Diable adore se nicher, tout le monde le sait) dont je vous épargnerai les détails justement, j'ai realisé mon aveuglement total.

« *Bon Dieu... mais, c'est bien sûr !* ». À la manière de l'inspecteur (commissaire ?) Bourrel (alias Raymond Souplex dont les « vieux » comme moi se souviennent certainement) qui dénouait l'énigme dans les cinq dernières minutes, j'ai découvert comme une évidence une faille de taille dans ce que « l'on » m'avait fait croire. L'illusion était presque parfaite, pour paraphraser... je ne sais plus trop qui. Quoi qu'il en soit, cette prise d'(in-)conscience m'a donné une clé pour solutionner le problème qui a pourri ma vie ces derniers mois. Je vais enfin pouvoir alléger le sac fourre-tout debordant de stress, tristesse, tracas, troubles, angoisses, contrariétés, incompréhensions, questions sans réponse, suppositions, frustrations, obsessions parasites... que je porte depuis le choc (lamentable tsunami qui m'a dévastée. Je n'y reviens pas, ce serait lui faire trop d'honneur) de janvier dernier.

    La clé offerte cette nuit ouvre la porte d'une réelle délivrance. Gageons que d'ici peu, je me sentirai bien. Pas mieux. Bien... Vive le déconfinement des pensées !

Pour fêter cette « libération », je vous invite à boire une coupe de mots pétillants. Tchin-tchin, les amis !

Photo Simon Buchou

    Passez une belle journée fériée. Restez toutefois prudents. Je vous embrasse. Vous m'êtes précieux.

Mimi (en pleine ascension)

PS : Merci à toutes les forces de l'Univers pour leur(s) lumière(s).

J12
(22/05/2020)

Mots d'un vendredi a priori ordinaire, mais qui s'avère ne pas l'être a posteriori.
Craquez les amis. Croquez la vie !

Ni treize, ni saint, ni fou, ni noir, ni... ni. Ce vendredi ne présente aucune particularité. Aucune, vraiment ?

Vingt-deuxième journée d'un mois où chacun fait ce qu'il lui plait (ou presque, vu la période fluctuante), ce vendredi a fière allure sur le pont de l'Ascension où l'on roule tous en rond... Le rayon des cercles étant limité à cent kilomètres à vol d'oiseau. Hem ! En pratique, je doute que la règle de circonférence imposée soit respectée. D'autant que les ailes des voitures ne servent pas (encore) à voler, est-il besoin de le rappeler ?

Enrobée de son habit ambre et azur brodé de fils de soleil-miel et de dentelle parfum cerise, cette journée est exquise. Comment résister à l'envie de la croquer ?

Pour ma part, je ne vais pas rouler, ni danser sur le pont en question. Non, je vais seulement me promener. Seule, bien sûr... Puisqu'aujourd'hui mon mari joue au golf. En l'occurrence, c'est un pléonasme. Le club de golf est sa seconde maison. Peut-être même sa première. Cela dit sans acrimonie. Quoique...

Et après la promenade, je m'endormirai en regardant la télé (super, y'a Joséphine, l'ange qui garde). Ou mieux, je m'assoupirai en lisant sur ma « *balanseule* ».

Elle est pas belle, la vie ?

Ensuite, je transcrirai les images soufflées dans mon sommeil. Je nimberai les voyelles de paillettes pour les couler dans un creuset de consonnes dorées. Juste pour le plaisir de façonner les syllabes-sylphides de mots funambules glissant dans une bulle de bien-être.

Je répète. Elle est pas belle, la vie ?

Sur ce, je vous laisse, les amis. Je vais croquer ce vendredi...

Bises en forme de petits cœurs.

Illustration Annalise Battista

Mimi (qui boucle sur la beauté de la vie)

PS : J'ai pensé un instant déplacer ce *post-scriptum* en début de texte. Cela aurait été un *ante-scriptum*. Mais après réflexion, je le garde ici. Et tant pis si le message (sans réel intérêt) qui suit, plombe la légèreté de ma prose du jour.

Je ne sais pas vous, mais les infos m'intéressent de moins en moins. La lassitude d'entendre et de voir tout, absolument tout, tourner autour de ce virus *picotique* a atteint un nouveau seuil. En clair, j'en ai marre des masques, des recommandations, interdictions, protocoles... qui fleurissent comme des bourgeons fous.

J13
(23/05/2020)

Mots ébaudis et/ou ébaubis d'un samedi tout joli. On pourrait croire qu'en mai, de fait, on fait bla-bla-bla... Taratata, les amis ! Ce n'est pas tout à fait vrai. Take care.
Je vous envoie une grappe de bises cueillies dans les étoiles.

Aujourd'hui samedi, j'ai envie de répéter (aïe, ma nièce va me gourmander à cause de ma tendance au rabâchage et à l'abus de parenthèses !) que je me sens mieux, à la limite bien, depuis que mon sac de soucis s'est délesté du poids qui m'a escagassée les derniers mois. Publiquement, il m'est difficile d'être plus explicite.
 « *Libérée, délivrée. Les étoiles me tendent les bras.*
 Libérée, délivrée. Non, je ne pleure pas... »
 Je dirais même plus, je ne pleure plus...

Parce que j'ai enfin compris. Compris que D. m'a menti, ou du moins travesti la vérité, ce qui revient à peu près au même. Il a paniqué. Il a fui, car il n'avait que cette solution-là.
 Il n'a donné aucune explication, parce qu'il n'en avait pas. Comment avouer avoir été un mystificateur ? Peut-il seulement se l'avouer à lui-même. Quand on est dépassé par une situation qui devient de fait insupportable, ingérable, on s'évanouit. Comme on tombe dans les pommes lorsqu'une douleur ne peut plus être maîtrisée ou que l'on veut échapper à une situation torturante. C'est ce qu'il a fait. Il a tout bonnement disparu.

Depuis, la tête enfouie dans le sable, il pratique la politique de l'autruche. Dans le déni, il tente sans doute d'enterrer la honte qui l'étrangle.

Son comportement s'explique peut-être par une certaine forme de trouble mental qu'il ne peut reconnaître. Cet homme a vécu un fantasme qui l'a dépassé.

Il ne pouvait pas donner d'explication, puisqu'il n'en a pas et qu'il ne peut évidemment pas avouer avoir menti... Sa seule échappatoire est de rester muré dans le silence auquel il s'est condamné tout seul.

Et moi, maintenant, je le trouve petit, pathétique, pitoyable... Il est brutalement descendu du pied d'estale où je l'avais posé et d'où je refusais de l'enlever. D'avoir remis les « choses » à leur place m'apaise. Comme par enchantement. C'est étrange, non ?

Désolée, les amis, pour cet aparté auquel je vous fais participer.

Pour revenir à aujourd'hui, le ciel a sorti sa tenue d'apparat. Pomponnée de poudre azurée, la voûte sourit d'une lumière éclatante. Juste au-dessous, La Nature roucoule *cool*. Et moi, je tapote les touches du clavier. Création fugace. Je façonne et donne vie à cet instant de grâce. Les mots en conserveront l'empreinte, la senteur, la douceur, la plénitude. Je voudrais partager cet instant précieux avec vous ; le graver dans nos mémoires ; l'incruster dans nos cellules ; le rendre « immortel » en quelque sorte. Pour plus tard. Pour après. Après quoi ? Je ne sais pas. Pour après, c'est tout...

L'heure tourne sans se lasser. Il est temps de m'activer. J'ai à faire...

Oh, rien de plus ni de moins que tous les autres jours. Mais « faire », ça rassure. Ça apaise. Ça met à distance les questionnements taraudants à propos de l'être... Je me laisse donc faire. Je vais faire ma toilette, une lessive, le repas, une promenade. Je vous l'ai dit, rien de palpitant. Mais c'est aussi (ou surtout ?) ça la vie...

Je vous embrasse. Soyez prudents. Le virus ne connaît ni week-end ni pont...

À demain, certainement.

Mimi (perchée sur un fil proche des étoiles)

Photo Geert Weggen

PS : On nous fait croire que la vie passe par le « faire ». Alors qu'elle est dans l'être.

J14
(24/05/2020)

Mots endimanchés, enrubannés d'un voile d'intériorité.
J'avais envie (et besoin) de débroussailler l'entrelacs de mes pensées.
Vous le savez, mais j'aime vous le répéter. Je vous aime.

Nous sommes dimanche.
Mai continue à dérouler son joli tapis de douceur.
La vie, quant à elle, continue à dérouler un fil un peu trop lisse et monotone. Bien qu'il ne se passe pas grand-chose, voire rien, je ne m'en plains pas. Comme dit une pub récente vantant la sécurité d'une voiture : « *rien, c'est encore ce qu'il peut vous arriver de mieux* »... Je m'efforce donc d'apprécier ce quotidien apparement fade et répétitif. C'est un minimum pour poursuivre sereinement le chemin menant à l'acceptation.

La nuit dernière, plusieurs pensées ont tournoyé dans ma tête. Je me suis demandé pourquoi, et dans quelles circonstances ma voix intérieure choisit le « tu », ou le « on » plutôt que le « je ». Il me semble que selon le pronom utilisé, la teneur du trouble n'est pas la même. La conviction, l'objectif, l'intention sont différents. Le degré du besoin d'apaisement aussi. Je m'explique.

Quand il n'y a aucune ambiguïté, aucun doute sur une réflexion ou une décision intérieure, je me parle à la première personne. Ainsi, je me dis : « *Je vais faire ci ou ça, je suis en accord, en congruence, en phase, avec moi-même, je me fous ce que pense x, y, z ou w, je suis mon intuition, je suis moi... »*

En revanche, quand il y a conflit, j'utilise le « tu ». Je me dédouble et me parle comme à une enfant qui a besoin d'une autorité pour la guider, la conseiller. Il m'arrive ainsi de me dire : « *Allez, Mimi (ou Michèle, ma vieille, ma fille, ma chérie, Mimotte, microbe ou tout autre surnom dont je m'affuble), bouge-toi, réagis, fais ci, fais ça, ou ne fais pas ci ni ça, tu t'en fous, tu..., tu..., tu...* ».

Ce « tu » qui m'impose une distance, incarne une sorte de conscience (bonne ou mauvaise), souvent moralisatrice, castratrice, mais aussi tolérante, et apaisante. Les mots que je me dis à la deuxième personne peuvent être effectivement des baumes, mais le plus souvent, ce sont des injonctions, des impératifs qui m'aiguillonnent afin de me remettre en selle et m'aiguiller vers un chemin, qui peut être bon, ou mauvais. Le « tu » n'est pas forcément bon conseiller.

En ce qui concerne l'utilisation du « on », cela me paraît plus complexe. J'ignore pourquoi il supplante parfois le « je » et le « tu » pour les réunir, les englober. Quelle en est la signification ? J'ai beau y réfléchir, je ne trouve pas. D'autant que je l'utilise souvent pour évacuer un problème que je veux rejeter mais dont la solution m'échappe ou/et n'est peut-être pas de mon ressort. Du style : « *De toute façon, on ne peut rien faire, on s'en fout, on verra bien...* »

La seule chose qui m'apparaît est que parfois ce « on » impersonnel imprime plus de légitimité, et paradoxalement plus de poids à l'allègement (temporaire ou définitif) d'un tracas parasite, rongeur et récurrent auquel je voudrais vraiment mettre fin.

Désolée si je vous ai barbés avec mes mono-dia-logues alambiqués. J'avais seulement besoin d'éclairage intérieur.
Je vous souhaite un très beau dimanche. Dansez, chantez, roulez, dormez... Faites ce qu'il vous plait. Puisque nous sommes en mai, il faut en profiter.
Je vous embrasse du fond du cœur.

Mimi (toute en « je »)

J15
(25/05/2020)

Mots mezzo-mezzo, qui n'appellent pas d'échos.
Juste pour la musique qui flotte sans bas, ni haut. À bientôt.

Lundi, entame de la troisième tranche de déconfinement. Semaine ô combien importante ! Nous devrions en effet découvrir au fil des jours à venir si ce minus a repris du picot de la bête, et si la deuxième vague annoncée et redoutée n'est qu'une vaguelette en trompe l'œil ou un tsunami dévastateur. Accalmie (même temporaire) ou regain d'épidémie ? Selon la réponse, le scénario s'adaptera et révélera les conditions du (des-/res-)serrage d'écrou de notre liberté chérie.

Pour l'heure, « *tout va pour le mieux dans le meilleur des mondes possibles* », comme le serinait (faussement ?) Pangloss à Candide. Hem ! Faut l'dire vite, effectivement.

Donc, *wait and see*.

En attendant, pour ma part, syndrome de la cabane oblige, je reste prudemment lovée dans mon terrier. Loin des autres et du tumulte de la ville. Loin de la (vraie) vie aussi. Je crains réellement le jour où il me faudra reprendre pied dans la réalité. Aïe !

Aujourd'hui, cela fait presque deux mois et demi (soixante-douze jours précisément) que ma vie rebondit en cercle fermé. Entre les arcs d'une parenthèse ventrue où l'oxygène (tant psychique que physiologique) finit par se raréfier. Gare à la sclérose et au blues, Mimi ! Mouais... J'ai beau me mettre en garde avec des mots en rose et bleu, rien n'y fait.

Mon inertie déploie une force colossale qui met *K.O.* toute mon énergie. Et surtout, j'ai peur. De façon viscérale. Incontrôlable. Comment faire fi du fait que je suis une proie de choix pour ce gredin *picotique* ? Et comment pourrais-je le gruger ? C'est qu'il est malin et (af-)fûté, le gougnafier.

Gageons que même masquée, il me reconnaîtrait(-tra)... Grrr !!!

Donc, aujourd'hui, petit coup de mou. Cela est d'autant plus étonnant que le moral a enfin déserté les chaussettes (ouf !) au cours de la semaine dernière, composée de quatre dimanches (clin d'œil à mon amie Catherine).

De façon surprenante et presque miraculeuse, la musette (pas vraiment amusante) qui m'encombrait et m'accablait s'est considérablement allégée (re-ouf !). Je pourrais donc et devrais être plein d'allant et d'élan. Mais force est de constater que ce n'est pas le cas. Re-grrr !!!

Gageons que cet état de non-grâce sera fugace. Mouais ! On peut toujours rêver.

Bon, je vais cesser de me plaindre. Il fait un temps magnifique. *Yapluka...*

Je vais de ce pas « *cultiver mon jardin* ». Au passage, je sèmerai quelques graines de bisous. Juste pour vous.

Mimi (*Bisounoursette* en mode jardinière)

J16
(26/05/2020)

Mots tout mous d'un mardi endormi. Sorry. Really sorry...

Rien à dire.
Pas grand-chose à écrire à propos de ce mardi gorgé d'aboulie. Je me traîne sans envie. En dépit d'une météo qui sourit, les heures s'esquischent sur l'axe d'un jour sans ressort. Le pseudo peps a fait pschitt !

Vraiment, rien à dire.
Suis fatiguée. Tant physiquement que moralement. Me sens vide et vidée. Peut-être même évidée. Une journée à zapper ?
Sûrement.

Non, vraiment rien à dire.
Je ne suis pas (plus) triste. Seulement hors sol. Sommeil. Envie de dormir.

Non, rien de rien. Je n'ai vraiment rien à dire, ni à redire...

Bises muettes

Mimi (ahurie)

PS : Ben quoi ? Je suis coi, quoi !

J17
(27/05/2020)

Mots à découper suivant les pointillés d'un mercredi pointilliste. Bises en tirets et en points. .---. ...- ---..- ... .-.. --.[4]

Mercredi... bof, bof, bof et re-bof.
Depuis hier, suis ratatinée dans une coquille à cône pointu. Turlututu...

J'en ai marre...
Marre d'être pointilleuse.
Marre des nuits en pointillés.
Marre des journées épointées.
Marre des idées grises qui se pointent à tout bout de pensée.
Marre des pointes d'aiguilles qui hérissent les meules d'esprit chafouin.
Marre des soliloques-pointilleries et des pointilles-parasites.
Marre de ne plus être à la pointe.
Marre des excès de lenteur d'une vitesse de pointe en perte de vitesse.
Marre du pointeau, surmoi en chef, qui pointe un doigt accusateur quand je pousse une pointe aux heures de pointe.
Marre d'en avoir marre...

---

[4] « Je vous aime » en code Morse.

Il est temps de poinçonner ce post d'un zéro pointé et de m'éclipser sur la pointe de mes mots en tutu. Re-turlututu...

Je vous envoie une bise irisée à la pointe de mon crayon-plume-clavier pastel.

Mimi (en mode marre et basse, coiffée d'un chapeau pointu de fée)

Photo Louise Lavallée

PS : Ce matin, au point du jour, après le déroulé talons-pointes du réveil, j'avais mal à la pointe du pied gouache, non gauche. J'ai dû me lever du pied droit... Cherchez l'erreur !

J18
(28/05/2020)

Mots rapidement écrits sur un coin d'écran gris.
Cinquante nuances de gris ? Maybe.

Jeudi... je dis... jeu dix... Bla-bla-bla. Je joue avec les sonorités des mots quand je ne sais plus quoi faire, ni quoi dire. Peut-être parce que je n'ai rien à dire, précisément.

On dirait (justement) que l'expression prend racine en moi et fait son bonhomme de chemin. Je ne l'aime pas. Vous comprenez pourquoi. N'est-ce pas ? En l'occurrence, c'est vraiment vrai, pathétiquement vrai, pitoyablement vrai : je n'ai rien à dire.

Ce matin, je me sens creuse. Muée en *Calimimi*, j'écume les heures creuses du quotidien coiffée d'une coquille vide. Gris-beige, la coquille.

Ce matin, je me sens moyen. Ni mal. Ni bien. Gris-rose, Mimi.

Ce matin, je déambule sur le fil de la petite zone brumeuse où je passe le plus clair de ma vie. Gris-bis, la vie.

Ce matin, le ciel est lumineux. Le beau temps extérieur contraste avec la chape qui (sur-)plombe la voûte intérieure. Gris-bleu, la voûte.

Ce matin, je n'ai rien à dire. Mais ça, je l'ai déjà dit. C'est déjà ça de dit. De pris ? De prix aussi ? Gris-kaki, le vert-de-gris du tragi-comique de répétition.

Ce matin, je suis à mille lieux du Monde. Étrangère. Marginale. Duale et quantique. C'est ainsi que je me (res-)sens. Gris-gris, le ressenti.

Ce matin, il faut que je m'active. À dix heures, j'ai rendez-vous avec Mirna. J'en attends tout et rien à la fois. Suis embrouillée comme les fils d'une pelote-jouet d'un chat sournois. Gris-charbon, le poil dur du chat. Gris-brun, la laine en brins.

Ce matin, j'arrête mon délire. Je quitte l'habit d'Arlequin jongleur pour enfiler celui moins coloré de la vraie Mimi. Gris-diaphane, la vraie Mimi ?

Je vous laisse. Bon jeudi. Je vais *colorire*. Je vous aime.

Mimi (gribouilleuse-barbouilleuse)

Photo Sarah Brown

J19
(29/05/2020)

Mots cahin-caha d'un vendredi de transition. En route vers... on verra bien.
Je n'abandonne pas. Ne renonce pas. Ne recule pas...

Eh bien voici vendredi ! Nous savons depuis hier après-midi que la deuxième phase du déconfinement sera celle de la liberté quasi-retrouvée. Notre précieuse liberté va redevenir la norme et l'interdiction, l'exception, ainsi que l'a annoncé *Eddy-les-bons-tuyaux*. Je dirais évidemment : tant mieux ! Ouf, de l'air !
Sauf que pour ma part, syndrome de la cabane oblige, j'ai envie de sortir de mon terrier douillet comme de me pendre. Pourtant, il va bien falloir...

Au diapason de mon peu d'engouement, le ciel est pâlot ce matin. Aurait-il passé une mauvaise nuit, lui aussi ? Sous son voile cendré, il masque mal sa peine et pourrait même pleurer quelques gouttes au cours de la journée. Dois-je m'en réjouir ? Pour Dame Nature, sûrement. Pour moi, je ne sais pas. Enfin, si...
Allez, Mimi, cesse ta valse-hésitation hypocrite. Avoue ! La pluie est une « bonne » excuse pour ne pas sortir...

Je commence à saturer du sur-place mental, autant que physique. Et moins je bouge, moins j'ai envie de bouger. Plus vicieux, c'est difficile comme cercle.
Mes écrits des derniers jours sont sans peps. Sans substance. À l'image du vide que je ressens en permanence. Ils sont sans

doute difficiles, pénibles à lire. Comme ils sont lancinants à écrire. D'ailleurs, je ne poste plus rien sur Facebook. Je réserve ma prose à Mirna et Maryse. Les pauvres ! Elles se « farcissent » mes états d'âme lamentables. Désolée, les amies...

De ce fatras, il ressort tout de même un mieux-être incomparable par rapport à l'histoire abracadabrantesque vécue avec « l'Autre ». Vécue ? C'est vite dit et même abusif. Enfin, quoi qu'il en soit, ça va mieux. Et c'est déjà énorme. Ouf !

À présent, il faudrait que je me focalise sur le positif et que je poursuive le chemin en me concentrant sur les belles « choses » qui le bordent.

Il faudrait que je reprenne les rênes de la vie... Challenge difficile. Mais pas impossible.

Allez, Mimi, haut-les-cœurs !

Je vous embrasse. À demain, si vous le voulez bien.

Mimi (pugnace, en chemin)

J20
(30/05/2020)

Mots d'elle réduits à une portion très congrue d'un mini samedi. Bisounettes de Mimi Bisounoursette

Pour fêter la sortie du dernier samedi du joli mois de mai, le ciel a sorti sa superbe parure saphir...
…
Je voulais continuer mais, je n'ai pas eu ni pris le temps d'écrire aujourd'hui.
Après l'échange musclé de mails avec mon ex-éditeur, je n'avais pas trop envie de m'épancher. J'ai préféré travailler tout l'après-midi sur le peaufinage du journal de confinement que je vais auto-éditer.

Donc, rien de bien palpitant à raconter ce soir.
Désolée d'être aussi peu bavarde. Je me rattraperai demain.

Je vous souhaite une belle soirée.

Mimi (*skifouniouse*, ce qui signifie de façon très approximative chiffonnée en niçois)

J21
(31/05/2020)

Mots d'un dimanche tout plat. Un comble pour le dimanche de Pentecôte...
Bises minuscules d'une Mimi sur un grand huit d'émotions désertiques.

Dimanche, ultime jour de mai. Un mois qui s'est déroulé sur deux partitions bien distinctes.
Jusqu'au 11, confinement pur et dur interprété sur un tempo *lento sostenuto*.
À partir du 11, déconfinement progressif sur un rythme *allegretto moderato*.
Et à partir de mardi prochain (2 juin), ce sera quasi liberté à tout-va. Presque tout le monde jouera cette nouvelle phase *allegro fortissimo*. Presque... Mouais !

Bien sûr, en ce qui me concerne, je suis toujours déphasée par rapport aux autres. Je vois poindre la semaine à venir avec une pointe d'angoisse. J'ai tout de même prévu de sortir jeudi. J'ai rendez-vous pour récupérer ma carte d'identité et dans la foulée, je vois Mirna.

Sinon, aujourd'hui, j'ai été emplie d'énergie pour nettoyer et ranger un peu ma maison. Rien de très nouveau. J'ai continué et presque (encore cet adverbe détestable) terminé les fichiers pour l'édition de mon journal de confinement.

En revanche, ce soir, je suis peu inspirée pour poursuivre ce journal de déconfinement.

Ne m'en veuillez pas pour ma prose si insipide ces derniers jours. J'espère que l'inspiration des jolis mots reviendra très bientôt (beurk, encore un adverbe que je n'aime pas !).

Bonne soirée. À demain. Je vous embrasse.

Mimi (lasse des pentes et côtes)

J22
(01/06/2020)

Mots matinaux d'un lundi shamallow. C'est gourmand la guimauve. C'est tendre aussi comme coloris, non ?
  Mais, mes mots du jour n'ont rien d'une confiserie pastel. Ils sont seulement bof. Bof et mous.

Voici le lundi... au soleil. La Nature éclatante en semble réjouie. Je devrais l'être aussi. Le pourrais. Mais ce matin, premier jour de juin, je me sens plus ramollie que ravie. Je suis à des années-lumière, voire des siècles-lumière, de l'épanouissement. Aux antipodes, Mimi. Flétrie, fanée, ratatinée... Suis pas drôle, je sais. Moi-même, j'en ai marre de me lamenter. Donc, vous... vous devez sérieusement en avoir assez de lire mes litanies.

Je boucle sur des pensées stériles avec autant d'énergie que les frisottis anarchiques tire-bouchonnent sur le sommet de mon crâne. Je dois aimer ça, au fond. Penser pour penser. Penser pour n'aboutir à rien, ou presque. Penser autour du pot. Grrr !!!! Si seulement je pouvais moins cogiter et agir davantage ! Mais il est difficile d'aller contre sa nature profonde, n'est-ce pas ?

Sur ces mots hyyyyper optimistes, je vous libère de ma prose lancinante.
Je vais peaufiner le fichier d'édition de mon journal de confinement.

Je reviendrai demain. Peut-être.

En fait, j'sais pas si je vais encore continuer cet exercice quotidien qui me semble de plus en plus laborieux et inutile. Y'a t-il un intérêt dans l'avion de cette p..... de vie ?

Bises flapies.

Mimi (qui fait une moue *rabou-gri-gri*)

PS : J'ai l'impression de tricoter des mots-mailles d'un chandail si moche qu'il pourrait servir de *gilet-pull-serpillière* pour descendre les poubelles du « *Père Noël est une ordure* ».

Photo Guilia Bertelli

Photo Victoria Kibiaki

J23
(02/06/2020)

Mots inertes d'un mardi qui ressemble à une ligne d'arrivée très floue. Aujourd'hui marque le début de la phase 2 du déconfinement, et surtout la fin de la phase 1, dite progressive.
Et ça me fait penser à quoi ? Eh bien, à rien. C'était juste pour faire avancer la déconfiture.

Un jour sans qualificatif qui rimerait en « i ». Un jour banal, basique, bateau. Un jour qui n'a <u>rien à dire</u>... Tiens, ça me rappelle... Grrrr !!! *Vade retro*, Satanas !

Mais revenons à nos moutons du jour. Moutons inexistants du reste, puisque le ciel bleu-gris en est dépourvu.

En fait, ce mardi n'est pas si quelconque ni si plat que cela. Je m'étais fixée la date du 2 juin (c.a.d aujourd'hui) pour rompre le jeûne de ma vie de recluse qui dure depuis exactement quatre-vingt-deux jours (4 *ante*-confinement + 55 confinement officiel + 23 *post*-confinement).

Et maintenant que j'y suis, que fais-je ? Vais-je tenir parole et sortir (enfin !) de ma tanière, ou bien trouver n'importe quelle excuse (bonne ou mauvaise) pour procrastiner encore un peu ? Les heures qui viennent apporteront la réponse à cette question taraudante. Je pourrais aller voir mes copains des boules. Et même jouer. *Why not* ? Bon, en attendant, je vais vaquer à mes maigres occupations.

Voilà, voilà... Force est de constater que je n'ai effectivement pas grand-chose à écrire et surtout <u>rien à dire</u>. Re-grrr ! Ce journal devient aussi peu intéressant qu'une peau de banane vide. Il n'a plus aucune substance. Je suis désolée de poser des mots aussi creux, aussi insipides et médiocres. J'ai quelque scrupule à vous les faire lire. D'ordinaire, quand j'écris aussi plat, je garde pour moi. Je ne vois aucun intérêt à partager. Je vais tout de même le faire, car je veux rester fidèle à ma promesse d'écrire chaque jour. Je considère cela comme une gymnastique mentale qui me permet de garder contact avec la réalité et surtout de rester en phase avec moi-même. Je vous laisse, j'ai à faire... Euh ! J'sais pas quoi, mais je vais trouver.

Je vous enlace au cœur de mes pauvres mots tout secs. Au moins, auront-ils une utilité.
À demain, peut-être...

Mimi (hésitante à pousser la porte de sortie de la parenthèse...)

PS : La seule chose dont je sois certaine, c'est qu'aujourd'hui est le premier jour du reste de ma vie...

J24
(03/06/2020)

Mots d'un mercredi qui se croyait rabougri. Un coup de plume-mots et le voici ragaillardi. Je vous enlace dans mes petits mots-maux.

Mercredi ? *So what* ? Encore un jour dans l'escarcelle d'une vie égrenée sur un chapelet de perles monochromes. Assurément, ce mercredi-ci rime avec monotonie.

Aujourd'hui, je vais lâcher mon bébé. Je parle du fichier de mon journal de confinement que je peaufine depuis plusieurs jours. Il vivra ensuite sa vie de papier. Je n'en attends rien, si ce n'est quelques rares lecteurs (ma famille et une poignée d'inconditionnels) et surtout le plaisir et la fierté d'avoir une trace écrite de la période inédite que nous venons de traverser.

Aujourd'hui, Maryse est prise. Donc, pas de possibilité d'épanchement. De toute façon, il n'y a plus grand-chose à épancher... Du moins, de mon côté.

Aujourd'hui, je me sens :
Aussi sèche qu'un vieux bâton sans écorce ni âme.
Aussi moche qu'un suricate insomniaque dont la profondeur de cernes aurait atteint la cote d'alerte.
Aussi molle qu'une larve baveuse de limace (ça fait des larves les limaces ?).
Aussi plate qu'un ballon de baudruche dégonflé.

Aussi ennuyeuse qu'une radoteuse de sornettes sans queue ni tête.

Aussi... scie qu'une litanie usée à souhait.

Aussi peureuse qu'une caricature de dessin animé phobique de sa propre ombre.

Aussi nulle et inerte que je ne me suis rarement sentie auparavant...

On pourra dire qu'il a fait de sacrés dégâts, ce bougre de gnouf ! J'me comprends.

Allez, Mimi, débraye ! J'écrivais ça, il y a déjà des années... Pfff ! C'est triste de constater que je n'avance pas d'un iota.

Si j'étais optimiste, je pourrais considérer ma valse-hésitation de pas en avant et en arrière comme une danse, style cha-cha-cha ou *madison*. Mais, je ne le suis (plus) guère (optimiste). L'ai-je jamais été, du reste ? Et ce sur-place m'agace autant qu'il me glace.

Donc, aujourd'hui s'inscrit dans la droite lignée des jours précédents. Des jours où « *ça se passe rien...* »

Et si je commençais par cesser de me lamenter et de me plaindre à propos de tout et rien ?

Et si j'arrêtais de voir le verre à moitié vide plutôt qu'à moitié plein ?

Et si autour de l'amalgame de points noirs, il y avait toute une page blanche ?...

Et si j'y ecrivais à ma guise une belle histoire ?

Et si j'allais regarder de l'autre coté du miroir, comme la p'tite Alice l'a traversé ?

Et si j'essayais de penser à côté, comme le préconisait mon pote Albert (Einstein) ?

Et si... et si... et si...

Et si j'appréciais enfin ma vie ?

Sur ces folles paroles, je vous laisse. J'ai du *taf*.

À demain pour de nouvelles aventures.

Mimi (qui a dépassé Philéas Fogg, puisque son tour de son monde dure depuis quatre-vingt-trois jours...)

Illustration Mystic-art-design

PS : Il est où le virus ? Il est où ? On n'en parle presque plus. Aurait-il disparu ?

J25
(04/06/2020)

Mots d'un jeudi pluvieux. D'un jour qui restera dans ma mémoire puisque je vais (enfin) remettre un petit doigt de pied dans la grande mare de la vraie vie...

Eh bien, j'y suis. Aujourd'hui, jeudi, je ressors ! Je vais reprendre ma voiture que je n'ai pas conduite depuis le 13 mars. Quatre-vingt-quatre jours !

Pour « fêter » l'événement, le ciel a mis sa jolie panoplie de pluie. Grrr !!! J'avoue que cela ne m'incite pas à la sérénité. Affronter la ville sous l'eau, il y a mieux comme baptême de retour à la vie. Mais, j'ai rendez-vous à la Police Municipale pour récupérer ma nouvelle carte d'identité et j'ai aussi rendez-vous avec Mirna. Donc, je vais faire abstraction de mes craintes et m'y rendre.

Je serai sans doute plus prolixe cet après-midi, après avoir vécu ce qui représente une sorte d'expédition pour moi. Mimi n'a rien de Dora l'exploratrice. Même si elle en possède la panoplie...

Photo Jill Wellington

Sur ce, je vais me préparer. À plus tard.

…

En fait, je reprends le clavier plusieurs heures plus tard et pour quelques lignes seulement. Ce matin, je suis effectivement allée chercher ma carte d'identité et vu le temps pourri, je suis remontée à la maison (trempée et essoufflée à cause du masque).

La séance avec Mirna a donc été une fois de plus en vidéo. Intéressante.

Et cet après-midi, j'ai fini le fichier du journal de confinement.

Donc, ce soir, grosse fatigue. Et évidemment pas grande envie d'écrire. *Sorry*.

Je vous laisse. Demain, je serai plus généreuse en mots.
Passez une bonne soirée et une douce nuit paisible. Bisous.

Mimi (en voie de déconfinement et fière d'être sortie un peu de son cocon)

PS : Désolée pour ma prose aplatie. Fatiguée Mimi, ce soir... Toute fatiguée.

Photo David Cohen

J26
(05/06/2020)

Mots insignifiants, déphasés, quasi désabusés. J'en suis fort marrie. D'autant que ce vendredi est tout joli. On dit que demain sera un autre jour ? Allez, on le dit...

Vendredi radieux, aux couleurs or et azur. Après la grisaille d'hier, le ciel s'est réveillé métamorphosé. Comme par enchantement, la tourmente de nuages gorgés d'eau s'est évaporée pour faire place à une luminosité éclatante. Aussi loin que mon regard puisse s'aventurer, je ne distingue pas l'ombre d'une ombre...

Au diapason des caprices du ciel, la vie aussi se montre parfois surprenante. Sait-on jamais pourquoi les jours se suivent sans se ressembler ; pourquoi un jour, tu pleures et le lendemain, tu ris (ou du moins, tu souris) ; pourquoi tu varies ; pourquoi tout est toujours en perpétuel mouvement ? Peut-être simplement, parce que la vie est ainsi. Et que le secret réside dans le fait de l'admettre. Et surtout de l'accepter. Pas facile, facile quand on a un fond rebelle, n'est-ce pas Mamie Mimi qui fait de la résistance ?

Mais revenons à ce vendredi qui s'annonce tout beau et tout doux. Comme pour l'heure, je n'ai rien de plus palpitant à écrire, je vais petit-déjeuner. À plus tard.

...

Cet après-midi, Brigitte doit venir. En dehors de Gilles, elle sera la première personne que je vais côtoyer plus d'un quart d'heure depuis... très longtemps. J'appréhende et en même temps, je suis curieuse de connaître ma réaction. Cela a le mérite d'égayer la monotonie du quotidien, et surtout, de m'éviter de penser en mode moulinette. Sans commentaires. Mirna me conseille de court-circuiter mes pensées parasites. Mouais ! Et je dirais même plus. Pfiou ! C'est évidemment <u>LA</u> solution, même si pas aisée à mettre en œuvre.

Allez, Mimi ! Un peu d'énergie, que Diable ! Bouge-toi ! « *Aide-toi et le Ciel t'aidera* », préconise la sagesse populaire. Tiens, je reviens au ciel... *Yapluka*.

Sur ce, je vous laisse. Consciente que ce journal s'étiole de plus en plus dans les sillons d'un quotidien d'une affligeante banalité. J'en suis sincèrement désolée.
Ne m'en veuillez pas. Je tâcherai de faire mieux dans les jours à venir.
Je vous embrasse.

Mimi (engluée de bofitude dans sa fleur-coquille)

PS : C'est vrai que le monde continue à tourner. Mal... Entre le racisme qui fait flamber une Planète déboussolée, un virus couronné qui s'est miraculeusement « évanoui », l'écologie grande oubliée de ces temps perturbés, et tant d'autres « choses » déréglées, il y a de quoi perdre la boule... Ras-le-bol. Je préfère me réfugier dans ma bulle en attendant demain. Demain qui me fera changer d'année...

J27
(06/06/2020)

Mots d'un samedi un peu spécial... Un samedi à vivre sur une partition toute simple. Merci d'être là, les amis.

Samedi ! Et pas n'importe lequel. Car aujourd'hui, c'est mon anniversaire... Un an de plus dans l'escarcelle de la vie !

Souhaitons que l'avenir soit moins âpre que ne l'ont été les derniers mois. Il suffit peut-être d'y mettre l'intention. Malgré mon âge de plus en plus avancé, je demeure une éternelle rêveuse. Utopique aussi sans doute. C'est ainsi. *Je suis comme je suis*, écrivait le poète (Jacques Prévert)...

Je n'ai très envie de m'épancher davantage aujourd'hui. Je veux seulement profiter de l'air ambiant, du soleil, des messages d'amitié et de l'expression de tous les liens qui me font chaud au coeur. Et vogue, cette journée hors du temps !

Je vous embrasse. Vous m'êtes précieux.

Mimi (en mode vie)

Illustration Stux

J28
(07/06/2020)

Mots éloquents d'un dimanche quasi muet.
Au terme d'un mois de déconfinement, il est peut-être temps d'arrêter d'écrire déconfit. Non ?

Ce dimanche s'annonce griseux. Ce qui en raccourci signifie gris et creux dans la langue de Mimi. À mon image, le ciel fait la tête. Je l'aurais préféré rimer avec fête.

En parlant de fête, hier fut un anniversaire banal. Même moins que banal. Une journée couci-couça avec en point d'orgue, une soirée seule en tête à tête avec la télé. Gilles n'a rien trouvé de mieux que d'aller dîner chez sa sœur... Sans commentaires. Je suis du genre tolérant. Mais il y a des limites difficilement acceptables à l'égoïsme monstrueux des hommes (au sens mâle du terme).

Donc, un souvenir pas *cool*. Je commence à en avoir sérieusement assez de cette année de merde...

Résultat, ce matin, je suis d'humeur chafouine.

Écrire ? Je n'en vois même plus l'intérêt. Tout le monde, ou presque, semble avoir repris une vie « normale ». Le virus ne fait plus la une des journaux. Tant mieux. Est-ce une illusion d'optique ? Seul l'avenir détient la réponse.

Pour ma part, je reste bloquée dans les starting blocks. J'attends. Je ne sais pas quoi, mais j'attends avant de sortir de mon trou. Et en attendant, je m'occupe. J'écris un peu. Sans passion. Parce qu'écrire pour décrire un quotidien d'une banalité consternante, sincèrement, je le répète, où se situe l'intérêt ? L'ennui suinte par toutes les lettres des mots sans relief que je m'obstine à poser. Et vous, je vous trouve bien courageux de lire ma prose raplapla, rasoir à souhait.

Aujourd'hui, je suis (encore !) seule. Gilles va « bosser » au golf (en dépit de la pluie qui tombe en ondées). Et moi, je vais buller... en espérant qu'un jour (peut-être ?), la vie aura un goût moins amer.

Une fois de plus, je suis désolée de vous abreuver de mots vides de vie. Mais c'est ainsi.
Je vous embrasse. Demain ? Bof ! Rien n'est moins sûr.

Mimi (vieillie et confite de résignation)

PS 1 : Mon anniversaire aura au moins eu la vertu de montrer (s'il en était besoin) les vrais liens. En l'occurrence, cette fois, c'est sûr, D. est une *sous-merde*... Aux oubliettes. Avec un « d » minuscule, comme définitivement.
PS 2 : Cerise sur le gâteau, aujourd'hui, c'est aussi et surtout la fête des mères en France. De façon générale, je n'aime pas toutes ces fêtes qui rappellent cruellement mes manques. Quand on a une famille réduite à peau de chagrin, et que l'on n'est pas soi-même maman, c'est difficilement supportable.
Ma maman est partie il y a déjà de nombreuses années. Et aujourd'hui, j'ai envie de lui rendre hommage en lui offrant des roses (ses fleurs préférées et son prénom) ainsi qu'un message...

Ma douce Maman,

En dépit du temps qui passe, mon amour pour toi reste intact. Je n'ai jamais cessé de penser à toi. Tu es toujours en moi. Avec moi. Où que tu sois... Ce matin, j'ai retrouvé dans le tiroir de mon bureau le petit mot que je t'avais écrit à l'encre violette il y a 57 ans. Je pourrais t'offrir ces mêmes mots aujourd'hui. Seule l'écriture serait un peu plus mature.

Le message reste le même : Merci, Maman. Je t'aime...

Mimi

> Nice le 25 Mai 1963
>
> Ma chère Maman
>
> Maman je t'aime parce que tu es gentille et très bonne pour moi
>
> Quand j'étais un bébé, tu m'habillais avec de très beaux habits tu me donnais à manger
>
> Pour te faire plaisir, je travaillerai très bien toute l'année.
>
> je te souhaite une très bonne fête. Et je te donnerai de très gros baisers.
>
> Michèle

Photo Rebekka D.

J29
(08/06/2020)

Mots d'un lundi qui s'inscrit dans la norme d'une vie qui tourne encore au ralenti.

La roue du temps tourne, tourne, tourne, tourne... Imperturbable. Imperméable.
Voici un nouveau lundi. Un nouveau début de semaine. Pour l'heure, le soleil semble avoir déserté l'horizon céleste. Mais il est encore bien tôt. Tout est possible avec le temps, dans le sens : *time* autant que : *weather*. Merci à la langue anglo-saxonne dont la terminologie est souvent plus précise que celle de notre bon vieux français.

Hier, j'ai écrit que je n'écrirais (peut-être) plus. Et finalement, ce matin, j'écris encore. C'est un rituel dont, par définition, j'ai du mal à me passer. Cela a sans doute une vertu rassurante.
Ainsi, quand je m'éveille, après le traditionnel tour sur Internet (mails, Facebook), je m'installe confortablement dans mon lit-cocon et tapote sur le clavier virtuel de l'*iPad*.
Le cliquetis de mes doigts effleurant les touches n'a pas la sensualité feutrée du stylo glissant sur une feuille de papier. Mais c'est un réel plaisir d'entendre ma tablette faire des claquettes avec les lettres. Entraîner des mots dans le tourbillon d'une danse, j'aime...
Donc, ce matin, je poursuis. Même si l'intérêt de ce que j'exprime est du genre limité. Me lise qui voudra. Qui pourra...

Comme je le pensais, je n'ai pas grand-chose à raconter. Le tissu s'étire de façon monotone. Je ne m'en plains pas. Je suis lasse. C'est tout.

Il est peu probable que je publie ce journal de post-confinement dont la teneur me paraît bien trop insignifiante et surtout barbante. Quel intérêt de lire une litanie qui s'étend à l'infini ? C'est aussi ennuyeux que l'ennui qu'il traduit. C'est dire... Le pouvoir des mots et de leur jeu à des limites que j'ai atteintes depuis plusieurs jours déjà.

Pour revenir à aujourd'hui, je vais envoyer mon journal de confinement à la publication. Et ce sera à peu près tout.

Je vous embrasse et vous remercie pour votre fidélité.

Mimi (en chemin)

Photo Annie Spratt

PS : Il y a au moins un point sur lequel j'avance, c'est le détachement émotionnel par rapport à l'histoire nullissime qui m'a bien « *escagassée* ». Ouf ! Je respire vraiment mieux. Tiens, une trouée en forme de cœur sur le chemin ! Serait-ce un signe ?

J30
(09/06/2020)

Mots d'un nouveau mardi qui sourit. Allez, on se motive. On y croit ! Vous me manquez.

Le mardi au soleil... c'est aujourd'hui !
Luminosité extérieure éblouissante. Lumière intérieure ? Tic-tac, tic-tac... Le chrono tourne et la réponse se fait attendre. Question suivante ?
Glissons sur les toboggans de glaise et parlons d'autre chose. Oui, mais de quoi ? C'est fou ce que le temps (au sens météo encore plus que sa dimension horaire) parvient à combler le vide. Avec lui, les conversations s'amorcent plus facilement. Sur des banalités, certes. Mais elles parviennent à s'enclencher. C'est au moins un point de concorde.

Pour parler du jour, j'ai prévu d'aller à la pétanque cet après-midi. Je ne jouerai pas forcément, mais au moins prendrai-je l'air en regardant les copains. Je ne peux plus me réfugier derrière l'excuse d'une pluie providentielle ou d'une batterie de voiture défaillante. Je me sens un peu rouillée. Cela fait quatre mois que je n'ai pas joué...

Hier après-midi, j'ai finalisé mon journal de confinement[5] qui est parti à l'édition. Je suis ravie de cet accomplissement. J'ai également commencé à mettre en forme celui-ci (journal de post-

---

[5] « Pétales d'un printemps buissonnier » (Books on Demand - juin 2020)

confinement). Sans aucune garantie de publication. Qu'importe. Je l'écris.

Par ailleurs, l'idée d'un récit romancé de l'histoire vécue en fin d'année dernière me trotte dans la tête. C'est encore un peu trop frais (et sans doute douloureux) pour la façonner. Mais j'y songe. J'y songe.

Hier, j'ai reçu un magnifique bouquet de pivoines qu'Eloïse (mon adorable nièce) m'a fait livrer. Cela m'a énormément touchée.

Si vous pouviez sentir leur parfum... Huum ! C'est divin !

Le voici, ici →

Et la carte accompagnatrice, là ↓

Joyeux anniversaire. Pour apporter de la douceur dans ces temps difficiles.
Grosses bises,
Eloïse

Pour conclure la prose du jour et répondre à la question initiale à propos de l'éclairage intérieur, je dirais : *work in progress*, ce qui pourrait se traduire : en cours de réparation...
That's all folks !

Belle journée à vous. Bisous parfumés et ensoleillés.

Mimi (en route pour se réconcilier avec sa vie)

PS : La nuit dernière, rêves compliqués. La mort rôdait... et l'amour aussi. Bizarre. Avec un personnage ambigu répondant au prénom de Camouflet... Je laisse décanter.

J31
(10/06/2020)

Mots en trous de gruyère d'un mercredi spongieux. Pouah ! Et même grrr !!!

Pour ce mercredi, la pluie était annoncée. En fait, le soleil est de sortie. Avec panache azuré, qui plus est.
La météo intérieure, elle, est plus mitigée. Le ciel encore un peu lourd et bas, est parsemé de nuées laiteuses. Pas d'orage ni de tempête à l'horizon, mais l'atmosphère gris pâle a toujours une fâcheuse tendance dépressionnaire.
Pourquoi ? Mystère et boule de gomina. Beurk, ça poisse !
Peut-être parce que la nuit dernière a déroulé son tapis effiloché par fragments. Vers quatre heures du matin, j'ai même cru que « *Luna Park* » avait élu domicile dans ma tête tant les pensées tournoyaient. Je ne vous raconte pas les « bagarres » intérieures entre « *je* », « *tu* », « *il* » et « *on* » pour virer, ou du moins court-circuiter, la ronde de mes réflexions échevelées. Sans commentaires. Enfin si, un seul. Après cinq mois de « galère » émotionnelle, j'en ai vraiment plus qu'assez de ramer pour dégommer cette histoire fantôme qui n'en finit pas de me hanter.
Allez, oust ! Dégage ! *Out* !... Jeu, set et match.

Pour revenir à aujourd'hui, vu le temps superbe qui se profile, je vais en profiter pour écrire. Peut-être poser les jalons d'une nouvelle qui me sortirait des sempiternelles pensées autocentrées. Il faut réellement que je m'extériorise. Que je recolle à la vie.

Hier après-midi, en dépit d'une météo incertaine, je suis allée à la pétanque. C'était sympa de revoir les copines. Même si j'ai joué comme un sabot, j'ai eu la sensation de reprendre un peu pied dans une réalité depuis trop longtemps occultée.

En ce temps où le confinement semble (pour la plupart) désormais un « vieux » souvenir, je me sens encore décalée. Déphasée par rapport aux autres qui me paraissent totalement insouciants. Serais-je dans l'erreur ? Ou dans le vrai ?
Again, mystère et boule de gommettes. C'est moins poisseux mais tout aussi collant.

Mes mots me semblent dénués d'intérêt. Pauvres hères en haillons, dépourvus de chair, d'épaisseur, de texture, d'envergure, ils sonnent creux. D'ailleurs, ils sont creux. Ces misérables gueux ne font refléter la détresse de mon âme et de mon intériorité. Grrr !!! Depuis des jours, je les aligne sans conviction et vous les adresse plus par habitude que pour toute autre raison. Désolée, les amis.

Passez une belle journée. Je vous embrasse.

Mimi (pas gaie qui pagaie)

J32
(11/06/2020)

Mots d'un jeudi à deux vitesses. Toutes petites, les vitesses. Mots vides aussi. À ce niveau-là, les jours se ressemblent bougrement ces derniers temps. Vivement demain !...

Soleil timide pour ce jeudi. Et, pas de pluie. Youpiiiii ! Du calme, Mimi, du calme ! La météo est capricieuse. Donc, tout peut changer en cours de journée.

Ce matin, je vais (re-)voir Mirna. En vrai. Cela me fait plaisir. J'ai encore pas mal de choses à balayer dans ma tête. Le grand ménage de printemps est en cours.

Sinon, rien de bien palpitant à raconter. La vie continue à dérouler un fil plutôt lisse. Cela présente des avantages. Notamment, le fait d'une bonne glisse. Mais aussi des inconvénients. Le manque de relief est singulièrement ennuyeux. Je fais avec. Je m'adapte. Ai-je d'autres choix actuellement ? Peut-être titiller la vie ? M'ouvrir vers d'autres horizons ? Pas sûre d'être sur une bonne voie. J'en parlerai avec Mirna tout à l'heure.

Sur ce, je vais me préparer et reprendrai ma prose du jour, plus tard, dans l'après-midi.

…

En fait, je ne reviens que le soir pour écrire quelques lignes et conclure.

Ce matin, en raison de ma batterie (à nouveau) à plat, je n'ai pas pu descendre en ville. La séance avec Mirna s'est donc (une fois de plus) déroulée en vidéo. Pas grave. Toujours très fort.

Aujourd'hui, ce qui a été dit m'a pas mal bousculée. J'ai pris l'engagement de « trancher » une bonne fois pour toute par rapport à mon attitude vis-à-vis de ma lamentable histoire avec D. Je vous dirai dans la semaine à venir quelle est ma décision finale...

Cet après-midi, j'ai bullé avant de continuer à peaufiner le fichier de mon journal de post-confinement. J'y mets de jolies illustrations. Ce « travail » créatif me plaît beaucoup.

Et ce soir, je suis cassée...

Photo Myriam Zilles

Je vous laisse, les amis. Bonne soirée et douce nuit. À demain pour de nouvelles aventures qui ne manqueront pas d'être palpitantes. On peut toujours rêver.

Je vous envoie des bises parfumées.

Mimi (en mode ralenti, mais moins torturée)

PS : Ce soir Gilles a changé la batterie de ma voiture. Et j'ai eu droit à des chocolats. J'engrange. J'engrange...

J33
(12/06/2020)

Mots creusés dans les microsillons d'un vendredi gravé sur un vieux vinyl. Un 33 tours pour fêter ce 33ème jour de vie pâle. C'est original, non ? Je pense à vous. Vous m'êtes (très) précieux.

Déjà trente-trois jours de « déconfinement » ! Et je ne suis sortie que deux fois. Aujourd'hui, cela devrait être la troisième (rendez-vous cet après-midi chez l'orthoptiste pour un bilan). Ça fait peu, n'est-ce pas ?

Ma vie se rétrécit. Et en même temps, comme disait (dit encore ?) le ptit Macaron, je ne fais rien pour aller contre.

Bien sûr, j'ai quelques velléités. Mais, et c'est le propre d'une velléité, je ne les mène pas au bout (je fais référence à une idée si saugrenue que je n'ose la dévoiler). Aucun commentaire. Je suis totalement désabusée. Je ne crois plus en grand-chose. Il y a en moi comme un vieux fond de dépression qui refuse d'être récuré. À croire que j'aime ça...

Mais cessons la litanie. Aujourd'hui, c'est vendredi et comme le clame parfois Arthur (celui de la télé), tout est permis. Donc, Mimi, tu vas retirer ton regard gris sur la vie, même si le ciel ne semble pas de la partie (l'est tout rabougri le titi, ce matin), instiller de l'éclat dans ta vision et imaginer que tout est encore possible. C'est parti ? Ok. C'est parti !

Maintenant, *yapluka*... Sur ce, je vais petit-déjeuner.

...

Me revoici. Ce matin, je vais un peu écrire. Puis, je me préparerai. J'en profiterai pour ranger le placard de la salle de bains. Ouh, mais ça devient passionnant. Que dis-je ? Ébouriffant, ce journal ! Il vaut mieux en sourire, n'est-ce pas ? Sinon, c'est un coup à se mettre une balle (de ping-pong, rires jaunes) dans la tête... Comprenne qui pourra.

Allez, Mimi, du nerf ! La vie n'est qu'un (bon ? mauvais ?) moment à passer.
Je vous embrasse en vous remerciant pour votre patience et votre empathie.
Bonne journée. Il n'est que 8h38 ! Boudiou !!!!

Mimi (en avance)

Phot Samuel F. Johanns

J34
(13/06/2020)

Mots d'un samedi sous la pluie. Youpi ! Youpi ? Oui, youpi !
La suite explique cet enthousiasme, a priori, décalé.
Je vous envoie un bouquet de bises irisées.

Samedi apparemment gris. *Wait and see.*
Dès le réveil, une grosse fatigue, une sorte de lassitude prégnante, m'ét(r)eint. Je viens de dormir plusieurs heures d'affilée, et je ne me sens pas reposée. Petits bobos parasites ce matin (mal à l'oreille et au cou).
Côté moral, ça va un peu (beaucoup ?) mieux. Je m'oriente vers la décision de ne plus rien faire vis-à-vis de cette histoire glauque à souhait, qui m'a tant bouleversée. Pas envie d'entendre sa voix, pas envie de lui faire (encore !) l'honneur d'un message. Un message dont je n'arrive pas bien à déterminer la teneur ni à en cerner l'objectif. D'autant que malgré tout ce que je peux affirmer de bonne foi, au fond de moi, j'espère (de façon infinitésimale) une réaction qui, d'évidence, ne viendra pas. Donc, donc... La seule issue salvatrice est d'en rester là. Et tant pis pour la frustration des zones d'ombre qui ne trouveront jamais d'éclairage.
Dans la vie, il y a parfois des situations où il faut lâcher prise. Pas abandonner, ni baisser les bras. Non, seulement ne plus s'accrocher, s'agripper. Ce matin, je ne veux plus retenir l'écharpe, symbole du lien (très effiloché) que je m'évertuais à maintenir en dépit du silence et de l'évidence.

La persévérance et la pugnacité ont leurs limites. Je pense les avoir atteintes. Même largement dépassées.

Il est temps de cesser de jeter des coups d'œil (fussent-ils furtifs) dans le rétro. Le *motto* est désormais de regarder droit devant. Je veux dépasser le passé pour me focaliser sur le présent afin de poursuivre le plus sereinement possible le chemin à venir.

Ce foulard qui flotte au vent incarne parfaitement l'envol vers ma libération émotionnelle...

Photo Hans Braxmeier

Voilà pour ce début de journée. C'est déjà une belle avancée. Sur ce, je vais petit-déjeuner.

...

Me revoici un peu plus tard dans la matinée.

Ça y est, il pleut... et pas qu'un peu. J'aime ce temps. Idéal pour rester à la maison tranquillement et absorber le rangement et le nettoyage en retard. Je vais également continuer à illustrer ce journal. Bref, de sympathiques occupations en perspective.

Je vous laisse, les amis. Bon début de week-end pour vous et les vôtres. De grâce, évitez Corona, ce petit vilain qui joue à cache-cache en sous-marin. À demain...

Mimi (qui trottine en youpala et qui se sent bien)

J35
(14/06/2020)

Mots d'un dimanche très sun day...
Pensées éclairées et éclairantes.

Réveillée très tôt ce matin, bien qu'endormie très tard. Courte nuit, quelque peu agitée par diverses pensées à propos de la vie et de l'orientation que je veux (peux) encore lui donner. Je me sens plutôt bien. Pas de poids sur le plexus solaire. Disons, moins. La météo annonce du soleil. Je vais m'atteler à l'instiller pour l'installer en moi. Cela fait un total de sept « L ». Un chiffre bancal pour voler de façon symétrique, mais je vais faire avec.

Vu la pureté éclatante du ciel (hallucinant quand on songe aux hallebardes d'hier), j'imagine que tout le monde va sortir de son terrier. Pas moi ! Tralala. J'adoooore rester à la maison. D'autant que ça fait un bout de temps que je n'ai pas passé un peu de temps chez moi (rires sous cape)... Qu'importe, j'ai de quoi m'occuper. Sans prise de tête.
Et puis, je vais me bichonner. Me faire du bien. Là, c'est vrai, il y a longtemps que je ne l'ai pas fait. Je me néglige trop. Je suis devenue experte dans l'art de l'effacement, du gommage de soi... Forcément, les autres ne me voient pas (plus). M'ignorent. M'oublient parfois aussi. Inconsciemment, je cultive mon indecrottable complexe de la transparence.
Surtout pas de vagues. Ne pas se faire remarquer. C'était la « *injonction-recommandation-très-fortement-appuyée* » que me serinaient mes parents quand j'étais petite. La guerre, la peur, la

différence, l'antisémitisme latent ont laissé des traces débiles et indélébiles au cœur du cocon familial. Le temps a un peu atténué la profondeur de l'empreinte. Mais elle est demeurée incrustée, et par ricochet, je perpétue. Excusez-moi de vous demander pardon de vivre...

Cette parenthèse étant refermée (s'agit-il réellement d'une parenthèse ?), je vais me chouchouter. Il y a du boulot !

Je vous souhaite un superbe dimanche de printemps quasi été. Baisers tout plein ma hotte.

Mimi (électricienne en chef, en mode beauté encore invisible)

PS : Vous croyez qu'il suffit de se poudrer le nez et les pommettes pour avoir l'air moins terne ? Balivernes ! La lumière vient de l'intérieur.

Photo Mystic-art-design

J36
(15/06/2020)

Mots d'un lundi en forme de roman-conte de gare.
Les histoires d'amour finissent mal, en général, si j'en crois les Rita Mitsouko. Mais pas les contes de fées. Il suffit d'y croire « par... fois ».
Bisous d'une Bisounoursette en phase de déconfinement avancé (avancée ?)
À l'heure où je mets sous presse, j'ignore encore lequel des deux est le plus avancé. La phase ou le confinement ?

Lundi-soleil. Deux mots à associer sans souci, aujourd'hui.
Les chansons populaires et entêtantes serinent souvent n'importe quoi, en particulier quand elles évoquent l'amour. En tous cas, côté météo de ce premier jour de la semaine, la ritournelle a tout faux. Il fait un temps sublime, si j'en crois le message envoyé par le bout de ciel éblouissant aperçu de la fenêtre de ma chambre.
Voilà. Ça, c'est fait...
Fin du premier paragraphe qui pose l'ambiance sous un éclairage resplendissant. Toutefois, l'atmosphère est un peu convenue, j'en conviens.

Et après ? Après ? Eh bien, les menues tâches de mon quotidien résolument fade et fastidieux vont être « effacées ». Comme dans ma vie sans aspérités, il ne se passe pas (plus) grand-chose, pour ne pas dire : rien, *nothing, nichts, niente, nada...*, je vais me laver, ranger, manger, boire, dormir, nettoyer, écrire, surfer (sur le Net, je précise au cas où l'on m'imaginerait en naïade), téléphoner, somnoler et rêver devant un programme télé insipide... Voici la liste-type égrenée sans ordre chronologique ni prioritaire. En mouvements désordonnés, les mots-actions ont glissé sur le fil de mon inconscient.

Je peux toutefois affirmer qu'au cœur de cet amalgame d'activités, seule l'écriture me procure un bien-être indicible. Et comme écrire rime avec plaisir, j'ose le dire : j'en éprouve beaucoup. Même très beaucoup.

Fin du deuxième paragraphe qui introduit le personnage et plante le décor. Un décor sans concession. Pas modelé en carton pâte, mais façonné dans une réalité pas vraiment gaie gaie, mais gaiement vraie vraie.

Ce matin, comme tous les autres depuis... un certain temps, je m'attelle avec enthousiasme à relater mes états d'âme. Même si, comme à l'accoutumée, je n'ai rien de très palpitant à raconter.

De façon récurrente, je me demande s'il y a un intérêt à poursuivre l'aventure. En ce qui me concerne, je n'ai pas trop de doutes. Je ne peux (pourrais) pas m'en passer, car cet exercice contribue à mon équilibre.

Mais vous ? Oui, vous, les lecteurs...

Quel est (sont) votre (vos) ressenti(s) en découvrant les aventures ébouriffées d'une *Bisounoursette* qui s'évertue à ne pas sombrer dans la marmite d'une déconfiture amère ? Est-ce de l'ennui, de la lassitude, du *ras-le-bolisme*, de la curiosité, de la résonance, de l'intérêt, de la jubilation, du plaisir, du rêve (on peut toujours rêver !)...

Les jours à venir apporteront sûrement des réponses à mes questionnements.

Le suspense est insoutenable, n'est-ce pas ?

Fin du troisième paragraphe qui développe l'action. De façon interactive, qui plus est. L'intrigue est si intense que l'on se croirait dans le noeud d'une énigme policière. Vous ne trouvez pas ? Gaston Leroux, Rouletabille et le mystère de sa chambre jaune font bien pâle figure en comparaison.

Il est temps de cesser mes élucubrations. Je vais de ce pas écluser les items de la liste ci-dessus. Étourdie, j'ai oublié d'y insérer deux éléments essentiels : sourire et rire. Hi, hi, hi !

Voilà. Ça, c'est fait...

Vous me trouvez niaise ? Je ne vais pas rajouter cette question à celles posées au-dessus. Je peux toutefois y répondre en vous avouant que je suis une indecrottable facétieuse. J'adore l'art de la dérision. Ce sera la conclusion de ce lundi au soleil.

Fin de l'épisode du jour.

Épatant, ébouriffant, époustouflant, épastrouillant... n'est-ce pas ? La suite du feuilleton demain.

Restez prudents. Très... Ce sournois de *Coronavirois* rôde toujours en tapinois.

Je vous embrasse.

À demain, si vous le voulez bien. Et si Dieu le veut, surtout.

Mimi (qui se languit de la vie)

PS : J'avais quasiment fini. Tout était écrit. Il ne manquait que la photo. Et patatras, mauvaise manip, l'intégralité du texte s'est évaporée... Grrr !!! La poudre magique de la petite fille de la photo ci-dessous n'a pas agi. Il a fallu tout retaper. Re-grrr !!!!

Photo Jill Wellington

J37
(16/06/2020)

Mots d'un mardi décrépit. Et il ne fait même pas gris...

Mal à la gorge et toux ce matin... Aïe ! J'espère que Corona n'a rien à voir avec ça. Quoi qu'il en soit, si les symptômes perdurent, ou pire, s'aggravent, je prendrai rendez-vous chez le médecin. Trop peur que ça dégénère en bronchite ou autre. En attendant, *Doliprane* à fond, à tous les étages.
En dehors de cela, rien de particulier à signaler ce matin. Sur ce, je vais prendre mon petit-déjeuner.
...
Me revoilou. Toujours un peu de toux. Patience. Attendons que le cachet fasse effet.
Le flux de mes pensées bouclées, mais sans ressort, a atteint une nouvelle côte d'alerte. La flèche du baromètre de mon esprit qui pointe ce matin sur « *Drastiquement à plat* », tend de plus en plus vers le point de non-retour qui affiche en lettres (mor)dorées : « *Désespérément mort* »...
Est-il encore temps de virer de bord ? De faire repartir la machine dans le sens d'une marche en avant ? Suffit-il de se pousser (un tant soit peu) pour remettre un semblant d'ordre dans l'amalgame poisseux de la non-énergie qui me remplit de vide ?

Je pourrais encore continuer à noircir l'écran de questions oiseuses. Sans pouvoir y apporter de réponse satisfaisante, où se situerait l'intérêt ? Et comme je commence à fatiguer, comme on dit du côté de chez moi, il vaut sans doute mieux cesser ce petit jeu. Tiens, ça me rappelle... Bref.

Désolée, les amis. Ma prose du jour est lamentable. Je peux enlever « du jour », tant cela perdure !
Ne m'en veuillez pas. Suis de plus en plus lasse. Et un peu abattue aussi. Grrr !!!
Les marchands d'énergie ont-ils rouvert ? Si tel est le cas, j'en prendrais bien un stock entier.

Je vous serre dans mes mots ratatinés.
À demain, si tout va bien...

Mimi (en mode *lamento*, sous l'étau d'une vie avachie)

Photo Geert Weggen

J38
(17/06/2020)

Mots d'un mercredi différent, entre amis du théâtre. Comme une impression d'avoir (enfin !) renoué avec la vie. Et en même temps, pas vraiment... Suis pas bien claire.
Demain sera un autre jour. Sous un autre éclairage. Avec une autre énergie... Autre, c'est tout.

Quelques mots ce soir, au terme d'un mercredi bien rempli. Pique-nique chez Pascale, l'animatrice de l'activité expression théâtrale. C'était super. Ça m'a bien changé les idées. Surtout que la nuit dernière avait été très moche. Hyper mal dormi avec en toile de fond, toujours les mêmes pensées ronronnantes et épuisantes... Sans commentaires.

Ce soir, je vais me coucher sans manger. Car, je suis repue du repas de midi.
Pas très envie d'écrire. Ça tombe bien, je n'ai rien à raconter.
Journée blanche au niveau du journal. Prose banale.

Je vous envoie une pelote de pensées embrouillées.
Désolée.

Mimi (toute cassée et aplatie)

J39
(18/06/2020)

Mots d'un jeudi soir un peu éteint.
Mots qui riment avec rien.

Quelques mots ce jeudi soir, juste parce que je tiens à écrire chaque jour. Et que je n'aime pas me défiler. Mais aujourd'hui, comme les jours précédents depuis un certain temps, je ne dirai pas grand-chose. Si ce n'est que j'ai mal à la gorge, aux dents et que dans ma tête, c'est le bazar. Bouh !

Gageons que demain sera mieux. Du moins, espérons-le moins moche...

Je vous serre dans mes mots pas beaux.

Mimi (en mode fraise flagada)

Photo Christine Oldiefan

J40
(19/06/2020)

Mots d'un vendredi de mise au repos.
Plus de questions-tamponneuses tournoyant sur un manège désenchanté. Les réponses viendront d'elles-mêmes.
Je vous aime.

Vendredi ? <u>Déjà ? À peine ?</u>
Oui, vendredi ! Jour béni du poisson. Entre autres.

Nous voici rendus aux portes de l'été. <u>Déjà ? À peine ?</u>
Oui, aux portes de l'été ! Une saison que le tout le monde (ou presque) vénère et apprécie et qui pour moi, plus que l'hiver encore, est propice à l'hibernation.

J'éprouve une curieuse impression ce matin.
À quasiment la moitié de cette p..... d'année, ma perception du temps passé et passant est très étrange. Dualité assumée mais incomprise.
Ce premier semestre m'a semblé filer telle une fusée super-hyper-méga-rapide et en même temps, j'ai la sensation que les heures, les jours, les semaines, les mois se sont étirés en longueur (langueur, douleurs...) à l'image de filaments collants, coulant d'un énorme pot de miel aux textures métissées (à la fois liquide, crémeux, cristallisé... mielleux, en somme).

Je me visualise comme une funambule sur le fil ténu du temps. Malhabiles, mes pieds n'en finissent pas de glisser et de riper en même temps. Dans mes mains, le balancier oscille en permanence pour garder le cap. Ne pas perdre l'équilibre. Ne pas tomber encore et encore...

Alors, j'avance avec prudence. Hésitante, je recule aussi souvent. Un cha-cha-cha en solo sur un fil... Trop forte, Mimi !

Photo Susann Mielke

Je l'ai déjà dit, redit, re-redit, écrit, réécrit, ré-réécrit et je le répéterai encore et encore : je hais 2020, année monstrueusement bicéphale qui compte deux 20 dans ses gènes (et gênes).

Sur ces douces paroles pleines d'amour (grrr !!!), je vais petit-déjeuner.

...

Me revoilà ! <u>Déjà ? À peine ?</u>

Le « comique » de répétition est un style récurrent chez moi. Un de mes péchés mignons, au même titre que les parenthèses (peu courues par ma nièce), les ellipses et autres fantaisies dont j'ose user *ad libitum*. Je reconnais que cela peut être agaçant, parfois. Mais on ne se refait pas. C'est ma pâte. Mon empreinte.

Force est de constater que mes mots sonnent creux ce matin. Ils sont creux et cireux. Vaut mieux en rester là, non ?

On arrête là ? On arrête là !

Je sonne le glas de ma prose du jour. Déjà ? À peine ?

Je vous laisse, les amies. Mes mots tarabiscotés vous enlacent. À bientôt. Peut-être même, à demain.

Mimi (funambule sans pendule)

PS : Allo, Monsieur l'Univers ? Ici Mimi... Pouvez-vous m'aider, m'aiguiller et me donner la clé, s'il vous plaît. D'avance Merci.

Photo Conger Design

J41
(20/06/2020)

Mots d'un samedi que l'on pourrait croire euphorique.
Ce n'est qu'un jour de plus dans une lente et laborieuse reconstruction intérieure.

Samedi matin, que je ne <u>veux</u> pas faire rimer avec chagrin.
À travers la fenêtre de ma chambre, les nuances or et azur du ciel sont sublimes. Je <u>veux</u> instiller cette même lumière à l'intérieur. Ma tendance naturelle me pousserait à écrire « voudrais ». Je me suis fait violence pour troquer l'hypothétique (et détestable) conditionnel contre un indicatif affirmé. Il paraît que seul le premier pas coûte et que le reste suit de lui-même.
Donc, ce matin, c'est décidé : je <u>veux</u> me sentir bien. Même si ce n'est pas vraiment vrai. Ni totalement faux, du reste.

Je <u>veux</u> (*again* l'indicatif) considérer ma vie sous un angle (plus) positif. Enclencher le « bon » sens d'un cercle vertueux. Parce que si je ne mets le holà à la ola des incessantes oscillations de mon moral, je me condamne à un épuisement inéluctable. Je suis bien trop fragile et fragilisée pour prendre ce risque. Maintenant, *yapluka faukon*... ou plutôt *faukeje*.
En attendant de mettre en application cette belle intention, je vais petit-déjeuner.
...
Un peu plus tard...
Je viens de relire ces quelques lignes. Effectivement, c'est une bonne décision. Le tout est de m'y tenir.

Combien de fois déjà me suis-je montrée résolue, catégorique, affirmative et tout, et tout, et tout ?... Puis, un jour, sans raison bien identifiée, tout s'effondre. Je décroche ; je me désolidarise de moi-même ; je dévie de la ligne de conduite fixée ; et plouf, je retombe dans les affres de lamentables lamentations !... Chassez le naturel, le galopin revient au triple galop. C'est ballot, n'est-ce pas ?

Je <u>veux</u> (et vais) m'atteler à respecter du mieux possible cette énième tentative de sortie de crise. N'étant toutefois qu'un être (trop) humain, je ne peux rien garantir à cent pour cent.

Photo Sarah Cervantes

Sur cette lapa(g)lissade périlleuse, je vous laisse, les amis.
Passez un joli samedi. N'oubliez pas de rester prudents. Ne baissez pas la garde. En dépit d'une certaine discrétion, *mad-bad-Corona* veille toujours aux grains de postillons. Grrr !!!
Je vous embrasse. À demain, sûrement.

Mimi (en mode d'ouverture lucide)

PS : Tiens, c'est l'été aujourd'hui. Je ne l'avais même pas remarqué.

J42
(21/06/2020)

Mots endimanchés d'éphémère dentelle. Je ne les ai pas raffinés ni ciselés. Ils sont seulement posés. Là. Pour attester que la vie est toujours là. Et c'est bien là, l'essentiel. Non ? Oui ?
♫ Là-la-la-la-là-la-la-la-la-la-la-là-la-la-la-la... ♫

Nous sommes dimanche. Fête des pères... Soit. *So what* ? Je me fiche éperdument de toutes ces fêtes factices et surfaites qui ont le don de m'agacer. Mais passons.

Ce matin, je me demande combien de temps je vais encore pouvoir écrire à propos du post-confinement. N'est-il pas temps de passer à un thème « normal », tant ce foutu virus semble s'être évaporé ? Si tel était le cas, j'en serais ravie, bien entendu. Qui ne le serait pas ? Toutefois, ce scénario est trop idyllique pour être réel. Le gredin est sournois. Tapi dans une pseudo-ombre, il risque de ressurgir quand on ne l'attendra pas (plus). Je le crains.

Mais revenons à la question initiale à propos de l'esprit et de l'intérêt d'un tel journal. Comme la réponse ne se dessine pas clairement dans ma tête, je vais poursuivre sa rédaction encore quelque temps. Peut-être jusqu'au 55ème jour. Comme cela, la balance entre périodes de confinement et d'après-confinement sera équilibrée. Ce qui nous mènerait aux alentours du 4 juillet (fête nationale de nos amis ricains). Qu'en pensez-vous ?

Sinon, aujourd'hui, je me sens mieux. Une bonne nuit réparatrice. Pas de perspective bien définie pour ce dimanche ensoleillé. Juste repos, lecture, écriture, télé, rangements divers... Mais ça va.

Est-ce le fait d'avoir préparé une lettre pour D. dans laquelle je suis plus ferme et plus claire ? L'objectif est de retrouver ma sérénité en me débarrassant des pensées torturantes et obsédantes qui polluent ma vie depuis près de six mois. Je le lui adresserai d'abord par mail. En ajoutant un message vocal précisant qu'il a un mail. Puis par la poste (en lettre recommandée à son domicile) si pas de réponse de sa part.

Enfin, bref, ce matin, je me sens bien. Pourvu que ça dure !

Sur ces jolies paroles, je file prendre mon petit-déjeuner. Et vogue la journée !

Photo Myriam Zilles   *Photo Eugénia Maximova*

Je vous embrasse, les amis. Vous m'êtes très précieux, vous le savez. Passez un joli dimanche.

Mimi (qui n'en demande pas davantage)

J43
(22/06/2020)

Mots du lundi. Comme une impression de déjà-dit. Déjà-écrit. Déjà-pas-de-vie ni d'envie.

Mouais ! Bof ! Petite forme de début de semaine.
Finalement, je ne vais pas envoyer de message-lettre à D. Pas envie de me mettre une énième fois en position d'attente. De toutes façons, il ne répondra pas. Et quand bien même il le ferait, ce serait certainement insatisfaisant. Donc, je laisse tomber.

Il faudra que je parle à Mirna du rêve de la nuit dernière où pour la première fois, il apparaissait à son âge (en « animateur » de musée indifférent). Trop compliqué par écrit. Je relaterai tout cela oralement jeudi prochain. Du moins, les bribes dont je me souviendrai.

Sinon, aujourd'hui, je n'ai rien prévu en dehors des sempiternelles tâches quotidiennes. Donc, morne plaine. Je vis. C'est déjà bien. Quoique...

Je n'ai décidément plus grand-chose à écrire. Et noircir inutilement cet écran commence sûrement à être gavant et soûlant. Pour vous, comme pour moi.
Sur ce, je vous laisse. Envie de rien. Ça tombe bien, j'en suis pleine (de rien(s)). Pas sûre de revenir demain.

Mimi (désabusée, en mode bouillie)

J44
(23/06/2020)

Mots d'un mardi que je ne partagerai pas avec quiconque. Pas envie. Plus envie.

Il y a trop longtemps déjà que je n'écris plus rien de captivant. Mes mots, reflets de pensées *égocentrées*, sont creux. Fade expression d'une monotonie qui s'incruste *crescendo*, ils sonnent creux aussi. Les jours, les semaines, les mois sont désormais jalonnés d'interminables litanies. C'est lamentable.

Aujourd'hui, mardi, ma prose sans épaisseur est à l'image de ce morceau de tissu troué et élimé →.
La trame de l'etoffe décrépite est si usée que les fibres se disloquent.

Photo CJ (Cincinnati)

Que faire pour contrer cette descente inexorable ? Je m'accroche comme je peux à la vie. Mais tout m'agace. Tout me gave. Le moindre bruit devient une gêne disproportionnée. Je ne suis plus étanche aux irritants.

J'essaie vainement de trouver un intérêt à ces jours qui défilent au pas cadencé. Les semaines s'écoulent dans un mal-être persistant. Disons un bien-être très approximatif et régulièrement écorché. J'ai du mal à me concentrer.

En toile de fond, je dirais même en bruit de fond, les apparitions récurrentes de « *l'autre* » me hantent. Je m'évertue à chasser ce fantôme de ma vie et cela m'épuise depuis des mois.

Aujourd'hui, ça va un tout petit peu mieux à ce niveau-là. L'obsession est moins prégnante. Jusqu'à la prochaine fois. Jusqu'à la prochaine crise... Il faut rester lucide. Je ne me fais aucune illusion. Le rétablissement est très progressif. Il me faudra encore du temps (beaucoup ? combien ?) pour me relever complètement de cette histoire pétrie de désillusions.

Ce matin, je vais m'occuper de moi. Me bichonner. Et cet après-midi, j'irai jouer à la pétanque.

J'ai le vertige quand je regarde l'heure. Il n'est que 7h49. Le vide est lourd à gérer. Si lourd !

Sur ce, je vais prendre mon petit-déjeuner. Je ne salue personne, puisque mes mots du jour resteront sans écho.

Mimi (sourire voilé de gris)

PS : « *Moi(s) entre parenthèses* », cela pourrait être le titre de ce journal de post-confinement que je n'éditerai probablement pas publiquement.

J45
(24/06/2020)

Mots d'un mercredi sans grande surprise ni envie.
Mots d'un énième jour en noir et blanc. En gris aussi.

Mercredi ! C'est reparti pour une nouvelle journée hyper chaude et ensoleillée.

Cette nuit, une réflexion. Seule solution : laisser tout, absolument tout, tomber. Ne plus imaginer de « solutions » fantaisistes. Pourquoi lui enverrais-je mon livre ? Pour, qu'une fois de plus, il sache tout, ou presque, à mon sujet, alors que je demeure dans un néant total par rapport à lui depuis des mois. Et encore, s'il l'ouvre ! Non, non, non, et non ! Y'en a marre d'être trop bonne. Et par la force de la rime (qui fait sens) : trop conne.

Donc, silence, indifférence équivalent à mépris, et longueur de temps sont les jalons qui me guideront vers la sortie de l'interminable labyrinthe dans lequel je tourne depuis depuis près de six mois. J'en ai plus qu'assez d'arpenter toutes ces allées en vain. Vivement l'issue !

Photo Maksym Kaharlytskyi

Hier après-midi, je suis allée jouer aux boules. Sympa, mais très chaud. Au moins, serai-je allée au contact de la vie. Et aujourd'hui, rendez-vous chez l'orthoptiste à 11h, ensuite, *bullage*... Donc, rien de palpitant. Comme d'habitude.

Allez, je me bouge. Comme chaque matin, je regarde l'heure et je prends peur. Il n'est que 7h40 ! La journée se profile et je balise. Comme le chantait Bécaud : « *et maintenant, que vais-je faire de tout ce temps que sera ma vie ?...* » Non lo so.

Je me souhaite un beau mercredi. Haut-les-cœurs, Mimi !

Photo Zbysiu Rodak

Mimi (qui n'y croit qu'à moitié et qui sourit comme un smiley avec une bouche en « U » inversé : ☹, alors qu'elle déteste les émoticones depuis... lui)

PS : C'est idiot, mais je m'obstine à écrire. Pour garder une trace. Pour ne pas oublier combien cette séquence de vie aura été molle, gluante, sans relief ni piment. Ennuyeuse et ennuyante. Pour me souvenir des souffrances intérieures que je m'évertue à masquer sous un fade, faux, factice sourire de façade. Pour me rappeler que je me suis accrochée. Parce que *the show must go on...*

J46
(25/06/2020)

Jeudi, 7h10. Très bonne nuit. Bien reposée.

Ce matin, rien. Comme d'habitude. À 10h, Mirna. J'ai des « choses » à lui dire. Mon rêve, mon livre, mon ennui, mon envie d'être regardée, désirée. Bref, rien de nouveau. Mais important, quand même.

Photo Antonios Ntoumas

Je viens d'envoyer un message intitulé « *Bouteille à la mer* » à un inconnu croisé sur le Net. Je n'y crois guère. Mais cela m'a amusée et émoustillée.

Sur ce, je vais prendre mon petit-déjeuner. Je reviendrai, plus tard. Peut-être...

...

Jeudi, 17h40. Journée moyenne.

Ce matin, bien. Séance stimulante avec Mirna. Je vais mieux. Même de mieux en mieux. Le spectre s'éloigne de plus en plus pour faire place à une réalité de moins en moins virtuelle.

Cet après-midi, rien. Ou presque. Juste un peu dormi devant la télé avant de peaufiner ce journal en y joignant quelques photos.

Et ce soir, je me bats contre un escadron de moustiques qui a débarqué en force dans mes murs. Le confinement n'a pas ramolli ces envahisseurs assoiffés et zonzonnants. Pfff !!!

Sur ces considérations sans aucun intérêt, je bats en retraite.
Demain, j'ai encore un peu de taf. Le matin, j'ai le choix entre boules et yoga, et l'après-midi, je dois voir Annie pour le théâtre... Donc, peu de temps et d'espace (vide intérieur) pour gamberger. C'est bien.

Mimi (hyper enthousiaste, ouaf, ouaf !)

J47
(26/06/2020)

Mots d'un vendredi d'été. D'un vendredi sans qualificatif bien défini. D'un vendredi de vie...

Vendredi ! Eh oui, déjà ! Cette semaine a filé. Non, pas comme une fusée. Mais plutôt en quenouille. Vous savez, cette petite navette qui dévide les fils vers la bobine du rouet. J'en suis moi-même surprise, et, disons-le, plutôt satisfaite, même si j'ai l'impression de n'avoir rien fait d'exaltant. Ce qui change par rapport aux semaines précédentes, c'est que je suis sortie chaque jour. Ne serait-ce qu'un peu. C'est mieux que cet enfermement quasi constant et sclérosant. Je suis ravie de savoir que la semaine qui se profile sera structurée dans un moule similaire. J'évite ainsi de me perdre dans l'amalgame de pensées qui me tirent vers le bas. Voilà !

Ce matin, je file au yoga. Un peu d'appréhension pour une fugace reprise d'un seul cours. Allez, haut-les-cœurs, Mimi ! On y croit ! À plus tard.

...

Me revoilà, pour quelques mots cet après-midi. Un peu mal aux cervicales. Je me repose un peu avant de repartir prendre un verre avec Annie pour définir ensemble le programme du théâtre.

Sinon, R.A.S. Au niveau émotionnel, je me sens mieux. Les mâchoires de l'étau se desserrent de façon significative. Enfin ! Je respire plus librement. Enfin (bis) ! La saveur amère de l'histoire inachevée ne m'étouffe plus trop. Il en reste évidemment un soupçon. Mais j'ai confiance, ces traces résiduelles vont s'estomper et totalement disparaître au fil des semaines à venir, peut-être même au cours des prochains jours.

Je vous laisse. Besoin de repos...

Mimi (juste en vie)

PS : À la maxime de la photo ci-dessous, j'ajouterais : « respire et vis le présent ! »

Photo Toa Heftiba

J48
(27/06/2020)

Mots d'un samedi a priori sans a priori. A posteriori, demain le confirmera. Ou pas.
Mots d'un samedi qui vit de lui-même, sur lui-même.
Vous m'avez manqué. Faut-il un « e » final ? A priori, non. Je m'embourbe dans les pièges de la langue française...

Samedi ? Yep ! Une fin juin qui ne ressemble pas vraiment aux précédentes. Corona est passé par là.

Quand j'étais petite, j'aimais cette période de tout début de vacances. Je me projetais avec une certaine délectation dans les semaines qui se profilaient. Parce qu'un horizon rimant avec repos, détente, différence... se dessinait. Maintenant, je n'y trouve plus aucun intérêt. Au contraire, je voudrais que les deux mois à venir soient déjà derrière moi. Je n'aime pas l'été et son cortège de « plaisirs » que je ne goûte pas. Ou si peu. Mais, il faudra faire avec. En souhaitant vivre le tandem juillet-août du mieux possible.

Sinon, aujourd'hui, comme souvent, je n'ai rien de prévu. Je vais bricoler. Je veux dire : m'affairer à finaliser les quelques bricoles restées en suspens depuis un certain temps. Ce qui n'a rien de palipitant. Pas même le fait de l'évoquer. Tout est à présent si banal et bancal aussi, dans mon quotidien où la vie-quenouille dévide des fils mous, apathiques, sans ressort ni tonicité, sans dynamisme... sans vie. Serais-je devenue basique, moi aussi ? Je fais référence à certains propos de l'autre... L'autre qui disparaît peu à peu de mes pensées. De mes idées et velléités aussi sottes que grenues. De mes rêves modelés d'irrationalité et d'irréalité. De mes envies sans queue ni tête. *Alléluia* !

Sur ce bel enthousiasme, je m'en vais voir ailleurs. Peut-être m'y trouverai-je ?
Belle journée à vous. Vous l'aimeriez rimer avec quoi ce samedi-ci ? Avec joli, hardi, envie, paradis, pardi, ragaillardi...
Pour moi, un samedi résonnant avec vie me conviendra(it) parfaitement.

À bientôt. Bises en forme de bisous.

Photo Alexas

Annexe J48

Voici les mots écrits à la fin de ce samedi après-midi qui n'en finissait plus.

Message intitulé : « <u>États d'âme d'une fin de samedi de fin juin</u> », adressé à Éloïse, Maryse et Mirna.

Désolée de vous embêter avec mes mots pas beaux. J'avais juste envie et surtout besoin de les partager avec vous. Pourquoi vous ? Parce que vous comptez pour moi. C'est tout... Et c'est déjà beaucoup. Bonne soirée. A bientôt.

Il faut les vivre ces heures d'ennui et de manque(s). Tout ce temps gâché à attendre je ne sais trop quoi. Oui, il faut les vivre ces instants lancinants où il n'y a que du vide à palper. Où la grande aiguille a des allures de toute petite et que les minutes mettent des heures à tourner. Mon horloge interne est en vrac. Un comble pour une fille d'horloger. Je me sens déréglée, déphasée, désynchronisée, démantibulée, dévitalisée... La liste des adjectifs pourrait s'étoffer jusqu'à plus soif pour exprimer qu'elle (l'horloge) et moi ne tournons plus rond.

Cela fait si longtemps que je me débats ! Si longtemps que je m'efforce de donner un semblant de vie à mon existence plate comme une limande anorexique. Soyons honnête. Ce n'est qu'une grotesque façade. Une mascarade. Depuis des années, je ne sais plus quoi faire de ma peau pour retrouver un élan, un allant. Je m'ennuie. J'en ai marre, ainsi que je l'écrivais déjà en boucle sur mes cahiers de jeunesse. Rien ne change.

Ne suis-je née que pour m'ennuyer ? Et dire que je prétends ne m'ennuyer jamais. Je mens. À tout le monde. Et surtout à moi-même. Oui, je m'ennuie. Terriblement. Rien n'a vraiment de prise sur moi. Rien ne m'attire. Pas même l'écriture que j'agite comme étant une passion. Je me contente de vivre. Et mon Dieu, comme c'est difficile, parfois. Rien ni personne ne peut comprendre la lourdeur du spleen qui pèse des tonnes au creux de mon plexus. Aucun mot n'est assez fort pour dire, décrire, définir... cette sensation-là.

Il y a peu, j'ai vraiment cru à un miracle. Je me suis sottement persuadée que ma vie avait enfin du sens. Enfin « un » sens ! Oui, je l'avoue sans honte, je me suis sentie vivante. C'est con, n'est-ce pas ? Pour un con, en plus. Pour un con de plus... Foutaises ! Pfff ! Comme par sorcellerie, cette réalité rêvée a viré au cauchemar. La (trop) belle histoire a capoté en un tournemain. « Il » a tout saboté... d'une gifle de mots cinglants et d'un claquement de porte glaçant.

Depuis (bientôt six mois), je nage en eaux troubles. Je rame telle une galérienne. En silence et en cachette, je sombre dans un découragement chronique. Et si de temps en temps, je fais mine de remonter à la surface, ce n'est qu'un leurre. Vis-à-vis des autres. Vis-à-vis de moi-même. On pourrait me croire sortie d'affaires. Re-pfff ! Ce n'est que de la poudre aux yeux. Je lutte, je lutte, je lutte... mais une force invisible m'attire inéluctablement vers le bas. Alors, je me lamente. En do majeur ou ré mineur. En dièse, bémol ou bécart, qu'importe la tonalité.

La symphonie se fourvoie inévitablement en requiem joué sur un tempo *lamento fortissimo*.

J'en ai marre ! Mais, j'en ai marre ! Si je pouvais quantifier la puissance du ras-le-bol qui m'étouffe, je suis certaine que les compteurs seraient explosés, tant cette force est intense.

Voilà ! J'ai écrit, mais n'ai rien résolu. Si l'écriture-thérapie permet généralement de gagner des espaces de liberté en soi, ce n'est pas systématique. Aujourd'hui, j'ai beau tapoter les touches du clavier blanc qui m'obéit au doigt et à l'œil ; regarder sur l'écran les lettres s'accoler, les mots s'aligner et les phrases s'assembler, rien ne fait sens ; rien ne soulage mon abattement. L'intérieur (absolument pas rieur) demeure lourd et glacé.

Et maintenant, que faire ? Car, il faudra bien un jour se décider à agir.
Je ne vais me jeter par la fenêtre. Je n'en ai pas le courage. En plus, du rez-de-chaussée, le seul risque que je cours est celui de me fouler une cheville (suis maladroite) et de faire sourire. Soupirs !
Continuer la route ? Ai-je un autre choix ? Non, bien sûr. La seule corde sur laquelle je puisse agir est la façon d'arpenter le bout de chemin qui me reste.
Bien sûr, pas à reculons, comme je le fais depuis trop de temps déjà.
D'un pas plein d'espoir. Mouais ! Je voudrais encore y croire. Croire en quoi, du reste ? Suis si désabusée et résignée ! Saloperie de D. ! J'éprouve vraiment de la rancœur contre lui. Je lui en veux tellement de m'avoir fait un mal de chien. Je voudrais

guérir de cette histoire qui m'a trop rongée de l'intérieur. Je me sens comme une maison qui a pris l'eau et qui conserve dans ses murs d'invisibles traces, d'indélébiles relents d'humidité. Je le répète, même si c'est inutile, ça me défoule. Saloperie de D. !

Voilà ! Mes mots de cette fin de journée auront au moins eu la vertu de me faire passer un moment en marge de mon horloge détraquée. Ai-je réussi à expurger ? Ne serait-ce qu'un peu. Pas sûre. *Too bad...*

Sur ce, je ferme l'ordi. Je voudrais me coucher et m'endormir pour ne plus me réveiller...
Ciao !

Mimi (*a little bit exhausted*)

Photo Alexas

J49
(28/06/2020)

Mots sans substance pour un dimanche démanché.

Rien à dire ni à écrire.
Chacun sa m...., en clair. L'être humain est profondément égoïste. Pas envie d'expliciter davantage. Je n'en veux à personne, hormis à moi-même. J'embête tout le monde avec mes guirlandes de problèmes-yoyos sans solutions.

J'aurais mieux fait de me taire. D'ailleurs, depuis, je me terre.
Dorénavant, j'enterrerai mes mots pour éviter qu'ils ne se heurtent au néant
Trop marre de lancer des S.O.S. qui rebondissent sourdement sur les parois d'une crevasse abyssale !
Trop marre d'espérer qu'une main se tende vers les miennes perdues dans l'abîme du désarroi !

Photo I.am_nah

J'ai tant besoin de réconfort ! Help ! Help !

Mimi (en mode mute)

J50
(29/06/2020)

Mots du lundi.
Un jour qui rime avec radis. J'aurais préféré paradis. Juste pour qu'aujourd'hui ne rime pas à rien, hi, hi, hi ! Suis-je abêtie ?

Lundi !? Oui, lundi ! Ce matin, j'ai décidé de ne plus perdre de temps à zoner sur le Net. Je fais référence à ma récente velléité d'inscription sur un site de rencontres qui se solde par trop de temps passé (et perdu) à feuilleter un « catalogue » sans intérêt, et rien d'autre. Il me faut reprendre pied dans la vraie vie. Et tant pis si le quotidien est trop plat, trop calme, trop fade ; si les « activités » ont une furieuse allure de routine ennuyeuse. Au moins, suis-je ainsi à l'abri des mauvaises surprises cachées sous des écrans de fumée. De toute façon, mes intentions n'étaient pas claires. D'évidence, ce n'est pas pour moi. Cela ne me correspond pas, ne me convient pas. Donc, je laisse béton.

Aujourd'hui, j'ai rendez-vous chez la dermatologue dans l'après-midi. Le reste est libre. Je vais m'occuper de la sélection des spectacles de théâtre. Et c'est à peu près tout. Gilles est parti « bosser » au golf. Ensuite, il va jouer. Donc, je serai seule, toute la journée. Comme d'hab...

Côté sentimental, RAS. Le spectre s'éloigne, sachant qu'il risque de revenir à tout moment hanter et polluer mes pensées. Je profite donc de ces instants où l'étau est desserré. Ces instants où je respire mieux. Disons, même bien.

Voilà, c'est à peu près tout pour aujourd'hui. Il est presque 8h. Et vive ce lundi ! Ça aurait été sympa de le faire rimer avec paradis. Mais faut pas rêver, Mimi...

Belle journée à vous. Je vais m'atteler à ce que la mienne soit la plus agréable possible.
Je vous envoie une papillote de bisous de ma bonbonnière à bises sucrées.

Photo S. Hermann et F. Richter

Mimi (sur la (bonne ?) voie)

PS : Hier soir, Elo m'a téléphoné. Ce matin, c'était Maryse. Je comprends qu'elles ne puissent rien dire ni faire de plus que ce qu'elles font par rapport aux dérives de mon moral vacillant. Je comprends. J'en ferais autant si les rôles étaient inversés. En plus, je me sens grosse, ce matin. J'ai *grassi*...

J51
(30/06/2020)

Mots d'un mardi d'une neutralité banale et bancale.

Ce matin, pétanque. Sympa. Air dans le cœur, dans le corps et la tête. Même si l'accueil ne m'a pas paru très chaleureux. Ressenti intuitif sans réel fondement. Pas grave. Je m'en fous...

Cet après-midi, repos. À la fraîche, j'irai juste promener quelques minutes pour poster une lettre aux voisins anglais (agaçant problème de bruit pompe piscine)...

Sinon, rien à signaler. Rien à évoquer... Sommeil. Grosse fatigue. Je regarde la télé (Faustine, thème : « amours interdites ») et j'écris ces quelques mots pour conserver la trace de tous ces jours qui s'écoulent dans un moule coulé dans l'ennui.

Juin se termine ce soir. Le bilan est assez moyen pour ce mois mou ; ce mois figue plutôt que raisin. Les jours se sont égréné sur un chapelet de grains de raison, sans réelle velléïté de fugue.

J'ai une sensation de copieuse lassitude, d'ennui lancinant, de vacuité incrustée, de doute persistant.

Je rame, rame, rame... depuis des mois. Toutefois, l'horizon demeure bouché, nébuleux, sans perpective ni projet. Grrr !!! Je navigue à vue, sans parvenir à quitter les rives de la morosité et enfin prendre le large. Regrets, frustrations, manque d'entrain et d'envie, ennui, dégoût... restent désespérément accrochés à mes basques.

Quand tout cela finira-t-il ? Suis fatiguée. Si fatiguée !

À l'image de cette vieille poupée sale, laide, cassée et oubliée sur le rebord d'une fenêtre délabrée, je me sens toute démunie et décrépite aujourd'hui.

Photo Emilian Robert Vicol

Morosité ? J'ai écrit : « morosité » quelques lignes plus haut ? Mouais ! Peut-être tristesse serait plus appropriée, non ?

Vous devez sérieusement en avoir marre de lire ce tissu de lamentations qui s'étire et se déchire un peu plus chaque jour. En tous cas, moi, j'en ai plus qu'assez d'écrire des mots lamentables.

Lasse, je vous laisse, sans vous enlacer.

Mimi (dans le dur du gris)

J52
(01/07/2020)

Mots réjouis d'un mercredi (premier du mois) bien rempli.

Le résumé de ce mercredi tient en deux mots : « pique-nique ».
Nous avons passé la journée à la Colle sur Loup avec Colette et les copines du groupe de parole (Alice, Marylène, Catherine. Andrée, Claudine et Bibi). En dépit d'un temps mitigé, ce fut vraiment très agréable. Jolie sortie dans ce sous-bois empli d'arbres majestueux en surplomb de la rivière du Loup. Vraiment super ! En plus, les échanges ont été très riches et denses. Une journée comme celle-ci réconcilie avec la vie.

Voilà, c'est tout et un peu court, mais au moins est-ce bougrement plus positif que les litanies étirées à l'infini des derniers jours (semaines ?).

Sur ces jolies sensations, je vais me reposer. Suis un peu cacahuète. Le grand air m'a fatiguée.

À demain pour de nouvelles aventures... Je vous embrasse.

Mimi (reboostée)

PS : « Un coup de barre ? Mars et ça repart ! »

Photo Congerdesign

J53
(02/07/2020)

Mots du jeudi. J'aime bien ce jour « pivot-entre-deux » planté à équidistance de la parenthèse ouvrant (« (») la semaine et celle la fermant («) »).
Trêve de « cagnouferies », aujourd'hui, jeudi, je souris... Parce que j'en ai envie. Simplement envie.

Ce matin, belle luminosité. Je vais écrire quelques lignes, puis j'irai me préparer (rendez-vous chez Mirna à 10h) et cet après-midi, je vois Annie pour finaliser le programme du théâtre. Suis moyennement enthousiaste cette année. Peut-être parce que je ne sais pas encore si je vais pouvoir y aller sereinement, sans baliser à chaque représentation, ni me poser 10 000 questions à propos de la propagation du virus.

Sinon, rien de particulièrement palpitant. L'étau romantico-sentimental continue à desserrer ses mâchoires. De temps en temps, une poussée d'acné juvénile, comme une envie inassouvie de lui parler, lui dire que... Mais, je maîtrise. Je me retiens.

Voilà ! C'est tout pour ce matin. Je reviendrai (peut-être) plus tard. Présentement, il est 7h42. Il n'est que 7h42, devrais-je dire... C'est fou comme le temps aime prendre son temps, ces derniers temps (grrr !!!).

...

Finalement, me revoilà pour quelques minutes. Il est 17h42. Depuis ma derniere intervention, dix heures se sont écoulées dans le sablier. Boudiou !

La séance avec Mirna m'a pas mal secouée. J'en suis ressortie avec la sensation d'être un peu groggy. Faut que je mange plus de glaces... *Private joke.*

Et ce soir, le temps de faire trois petits tours de mots insignifiants, je repars me réfugier au cœur de ma léthargie. Suis toujours un peu molle. Un peu lasse. Un peu mollassonne. Désormais, je ne vis même plus au jour le jour mais à l'heure, l'heure !

Sur ce, je vais me reposer. À demain. Courage, la fin (de ce journal de post-confinement) est proche. Je vous embrasse.

J54
(03/07/2020)

Mots du vendredi, jour du poisson et du bien-être...
Vous ne le saviez pas ? Moi, non plus. Mais j'aime bien associer deux entités, a priori, sans lien. J'sais, suis farfelue.

Ce matin, je suis allée jouer à la pétanque. Quatre parties. Quatre gagnées. Carton plein. En plus, la météo était idyllique.
<u>Cela fait un bien fou...</u>
Cet après-midi, je la joue *cool-cool*. Télé, sieste, un zeste d'écriture le long de sentiers dégagés des sempiternelles prises de tête torturantes et des incessants moulinets d'idées sans issue.
Ouf ! <u>Cela fait un bien fou...</u>
Y-a-t-il quelque chose à ajouter ? *A priori*, rien, si ce n'est que je vais/veux m'attacher à cultiver cet état de bien-être tout simple. Quelle utilité de chercher midi à quatorze heures ? Ou même à treize ? Je fais le vœu de vivre ce que la vie dépose dans mes mains, sous mes yeux, à mes pieds...
Mon Dieu ! <u>Cela fait un bien fou...</u>

Haut-les-cœurs, les amis ! J'adore cette expression qu'il me plaît de visualiser comme ça →
Je vous aime...

Photo Gerd Altmann

Mimi (en quête de bien fou...)

J55
(04/07/2020)

Mots d'un samedi atypique à plus d'un titre.
Enrobés d'amitié, d'empathie, de douceur, de désir, de plaisir, d'envie, et même d'amour, ces mots clôturent cette période (un tantinet spéciale) de vie.
Je vous serre dans ces mots-là.

Aujourd'hui, samedi 4 juillet, c'est la fête nationale chez nos « ami-ricains ». *God bless America*, qui en a bien besoin ces temps-ci.

Aujourd'hui, c'est le début des vacances pour tous les écoliers de France. Amusez-vous bien, les enfants ! Profitez de votre enthousiasme et de votre vitalité. Cela ne dure pas éternellement.

Aujourd'hui, c'est le dernier jour de ce journal. Pourquoi ? Parce que tout doit avoir une fin et que pour conserver un juste équilibre, il m'a paru normal que ce journal de post-confinement compte le même nombre de jours que mon journal de confinement. Et ce samedi, le compte est bon. Cinquante-cinq, tout rond !

Aujourd'hui, je n'ai rien de prévu. À cela, rien d'étonnant. C'est devenu la norme depuis un certain temps. Mais je vais faire avec. Le temps finit toujours par passer...

Aujourd'hui, c'est samedi, jour chouchou dans la fratrie de la semaine. Profitons-en pour apprécier les belles choses de la vie. Même et surtout les plus minimes.

Aujourd'hui, je vous laisse en souhaitant vous retrouver bientôt. Sans maux. Avec des mots tout beaux.

Merci de m'avoir suivie tout au long de cette période aux allures de parcours de combattant fatigué et quelque peu cyclothymique. Votre regard, votre aide, votre soutien, vos conseils et votre bienveillance m'ont aidée au-delà de ce que vous pouvez imaginer.
Promis, on se retrouve très vite...

Mimi (un brin bouleversée, même plus qu'un brin)

Photo Andie Gómez-Acebo

Épilogue

(05/07/2020)

♫ « *Voilà, c'est fini...* » ♫, comme le constatait tristement Jean-Louis Aubert il y a plusieurs décennies. Je n'ai jamais aimé cette chanson qui a le don de me bouleverser. Mais, par essence, toute dans notre vie (y compris elle-même) a une fin. Il faut s'y résoudre.

Le cœur serré, je vous laisse après tous ces jours en votre compagnie. Vous allez sûrement me manquer. Mais nous nous retrouverons. Probablement pas dans un journal de bord (surtout pas pour un éventuel et redoudable reconfinement) tenu avec autant de constance et d'assiduité, mais plutôt au cœur d'une intrigue de nouvelle ou de roman.

Soyez prudents, prenez soin de vous et de ceux qui vous sont chers. N'oubliez jamais que vous m'êtes précieux.
Je vous aime.

Mimi, émue

Photo Composita

Du même auteur :

- Plusieurs publications de nouvelles en recueils collectifs.
- *Fulgurumelles en Cathy-Mimi*
  Recueil de fulgures écrit avec Cathy Peintre
  Édilivre, 2009.
- *Femmes du Monde*
  Recueil de nouvelles
  Jacques Flament Éditions, 2015.
- *Dessine-moi un Amour*
  Recueil de nouvelles
  Jacques Flament Éditions, 2016.
- *Alice - Couleurs d'enfance*
  Roman
  Passion du livre, 2018.
- *Frisottis de vie*
  Recueil de nouvelles / Journal
  Books on Demand, 2019.
- *Je rêvais d'un autre monde…*
  Roman
  Books on Demand, 2020.
- *Pétales d'un printemps buissonnier*
  Journal (confinement)
  Books on Demand, 2020.